当代寓言名家新作

Dangdai Yuyan Mingjia Xinzuo

海神雕像

张鹤鸣 洪善新◎著

读寓言·学知识·明事理·提素质

品读寓言故事　领悟人生哲理
经典寓言大世界　人生智慧大宝库

天津出版传媒集团

天津人民出版社

图书在版编目（CIP）数据

海神雕像 / 张鹤鸣，洪善新著 . -- 天津：天津人
民出版社，2018.9
（当代寓言名家新作）
ISBN 978-7-201-13722-3

Ⅰ . ①海… Ⅱ . ①张… ②洪… Ⅲ . ①寓言—作品集
—中国—当代 Ⅳ . ① I277.4

中国版本图书馆 CIP 数据核字（2018）第 199580 号

海神雕像
HAISHEN DIAOXIANG

出　　版　天津人民出版社
出 版 人　黄　沛
地　　址　天津市和平区西康路 35 号康岳大厦
邮政编码　300051
邮购电话　（022）23332469
网　　址　http://www.tjrmcbs.com
电子信箱　tjrmcbs@126.com

责任编辑　李　荣
装帧设计　映象视觉

制版印刷　永清县晔盛亚胶印有限公司
经　　销　新华书店
开　　本　640×920 毫米　1/16
印　　张　12
字　　数　200 千字
版次印次　2018 年 9 月第 1 版　2018 年 9 月第 1 次印刷
定　　价　29.80 元

总序：为有源头活水来

——《中国当代寓言名家新作》丛书总序

顾建华

中国当代寓言，正在用浓墨重彩书写着中外寓言史上令人瞩目的新篇章。

进入改革开放的新时期后，在我国文坛上，寓言空前活跃起来，涌现出数百名痴心于寓言创作的作者和难以计数的寓言佳作。

本丛书的八位作者堪称中国当代寓言名家。他们大多数是从20世纪70年代末80年代初开始写作寓言，已经有了三四十年的创作经历。有的作者虽然以前主要从事其他文体的写作，但后来专注于寓言创作的时间也有一二十年了。他们的寓言作品量多质高，一向受到读者的欢迎和好评，不少名篇被各种报刊选用，收入各种集子，有的还被选作教材广泛流传。

这些作者以往都早已有各自的多种寓言集问世，在寓言界有一定的影响。本丛书收入的作品，则是他们近年所写，首次结集。可以说是作者们用积淀了一生的智慧和才华，观察当今社会、解剖各种人生的结晶；也是作者们力求寓言创新的又一新成果，无

论在思想境界上还是艺术境界上都给人很多启迪。

这十部寓言集和我们常见的平庸的寓言作品不同，不是用些老套的看了开头就知道结尾的动物故事，演绎一些连小朋友们都已厌烦了的道德说教，或者一些肤浅的事理、教训。它们的题材非常广博，有的影射国际时事，有的讽喻世态人情，有的抨击贪官污吏，有的呼吁保护生态……很多作品笔锋犀利、情感炽烈，既有冷嘲热讽，也有热情歌颂；而思想之深邃，非历经世事者所难以达到。它们娓娓道来的或者荒诞离奇，或者滑稽可笑的故事，却是当今现实世界曲折而又真实、深刻的反映。这样的寓言作品并不是供人饭后消遣的，而是开阔人们的胸襟、心智、眼界，让人们在兴趣盎然地读了之后禁不住要掩卷深思，深思社会、深思人生。

这十部寓言集显现了作者们高超的艺术功底，在艺术表现上多有新的突破和尝试。

杨啸是我国屈指可数的享有很高声誉的寓言诗人。从他的两部新作《狐狸当首相》和《伯乐和千里马》可以看出，他的寓言诗艺术已经炉火纯青，并且还在不断求新，样式、手法多种多样。如作品中除了运用娴熟的单篇寓言诗外，还有不少系列寓言诗、微型寓言诗等等，给人以新意。他过去的很多寓言诗是写给成人的，更是写给孩子们的，特别善于用富有童趣的幽默故事、朗朗上口的动听诗韵，让读者（尤其是儿童读者）得到教益。这两部寓言诗依然既是写给孩子们的，更是写给成人的，在内容和写法上都有很多变化。

张鹤鸣、洪善新伉俪在寓言剧的创作上，在我国原本就无人可与之比肩，近几年又进一步冲破旧模式的藩篱，另辟蹊径地创造了"代言体"寓言短剧的新形式，使寓言能够更好地融入少年儿童的生活和心灵，发挥寓言的道德教育、知识教育、审美教育的作用。《燕南飞》中的一些作品已经成为初学者学写寓言剧的样板，《海神雕像》则显示了作者多方面的才能。他们原先擅长创作带有戏剧性的篇幅较长的寓言故事，现在生活节奏加快，为了满足读者需要，这次也写起了寥寥数言的微寓言，且颇有古代笔记小说的韵味，别具一格。

《蓝色马蹄莲》是作者吴广孝旅居美国时的所见所闻所思所念，散发着我国其他寓言作品中罕见的异域风情。它也不同于其他寓言作品用编织出人意料的情节来揭示作者想说明的哲理，而是像一则则旅游随笔，以优美而简约的散文笔法展示作者所经历、所体验的人、事、物，然后出其不意地迸发出作者由此而来的瑰丽奇妙的思想火花，使随笔变成了寓言。《伊索传奇》以虚构的伊索的生活为线索，在光怪陆离的时空转换中，穿插着对《伊索寓言》的全新的阐释，借题发挥，抒发的却是当代中国人的情感。

罗丹所写的《苏格拉底的传说》同样是以古希腊的智者为寓言的主角。过去也有人这样写过，但罗丹笔下的苏格拉底与他人不同，有着作者本人的印记。苏格拉底对古往今来的各色人等、鸟兽虫鱼发表的言论，都是作者数十年从生活中获得的人生感悟，是对晚辈的谆谆教诲，很值得细细体味。

《白天鹅和黑天鹅》秉承了作者林植峰自 1956 年上大学时发表寓言（距今已有一个甲子）以来，一以贯之的"颂扬真善美、鞭挞假恶丑"的宗旨。他的这部新作就像他自己所说的那样，是"文

字的漫画"，作品中用嬉笑怒骂的文字构成的各种虚幻世界，表达了作者对当前社会现实问题的严肃思考，应该引起世人的警觉。

《龙舟鼓手》，让我们看到作者凡夫严谨的写作态度以及寓言的多种多样的艺术表现手法。其中的作品都是有感而发，篇篇经过精心打磨，在写法上不拘泥于某种套路，微型小说、笑话童话、民间故事、小品杂文等都能运用自如地嫁接到寓言中来。他还特别重视把寓意水乳交融般地渗透到故事中去，他的寓言没有外加的生硬的说教，却十分耐人寻味，让读者自己从故事中去领略、生发更多的意义。

桂剑雄写的《西郭先生与狼》，无论上半部分的动物寓言还是下半部分的人物寓言，都继承和发扬了明清笑话寓言的特色，十分诙谐有趣。很多作品不是以智者为主角，而是以愚者为主角。作者夸张地描写愚者愚拙蠢笨的荒唐言行，讽刺意味浓郁，既引人发笑，更发人深思。如今，寓言中刻画成功的愚者形象并不多见，因此这些作品尤显可贵。

本丛书的作者大都年事已高，却依然充满旺盛的文学创造力，继续为寓言创新铺路开道。他们以自己的创作实践印证了习近平总书记在文艺工作座谈会上的讲话中所说的："人民是文艺创作的源头活水"，"文艺的一切创新，归根到底都直接或间接来源于人民"。

笔者和丛书作者相识、相知数十年。从交往中我深深感受到：他们心底坦荡，为人正直，急公好义，乐于助人，不畏权势，嫉恶如仇；他们一直生活在人民之中，热爱人民，心系人民，对人民的深厚感情促使他们不断地要用被称为"真理的剑""哲理的诗"

的寓言来为人民发声，表达人民的爱憎和愿望！据我所知，本丛书中的不少作品，就是直接来自于作者的亲身经历，是作者在为大众的事业、大众的利益仗义执言。作者们为寓言创新所做的努力，也都是为了使自己的作品更加得到人民的喜欢，满足人民的需要。

南宋朱熹的《观书有感》诗云："半亩方塘一鉴开，天光云影共徘徊。问渠那得清如许？为有源头活水来。"池塘之所以能够如镜子一般透彻地映照天光云影，是因为它有源头活水。当代寓言名家新作之所以能够拒绝平庸，不断创新，真实地、本质地反映现实生活，就因为作者们紧紧地依赖于汩汩涌流、取之不尽、用之不竭的源头活水——百姓生活。脱离了百姓，脱离了生活，寓言就会成为"无根的浮萍、无病的呻吟、无魂的躯壳"，失去与时俱进的活力，失去存在的价值。

作者诸兄嘱我为这套丛书说几句话，就写下了以上一些读后心得，权作序言。

2016 年元旦于金陵紫金山下柳苑宽斋

目 录

第一辑

顽　石

顽 石

宇妍山庄历史悠久，自然风光和人文景观灿烂辉煌，是名闻遐迩的旅游圣地。山庄终年敞开大门，迎接四方嘉宾，到处莺歌燕舞，一派繁荣景象。

不料，在一个电闪雷鸣风雨交加的夜晚，飞来一块奇形怪状的巨石。不偏不倚，砸在进山大道正中央。旅游车进不去、出不来，宇妍人出行必须从后山攀爬，搞得宇妍山庄怨声载道，苦不堪言。

有几个壮汉领头，决定搬开巨石。山庄的男女老少也纷纷响应。

于是大家七手八脚跃跃欲试。不料这时巨石怒吼了："知道我是谁吗？我是镇山石！你们反了天啦？竟敢在太岁头上动土！"这一声吆喝令人毛骨悚然，宇妍人"呼啦"一声全都退回去了。

有人说："这块巨石来历不凡，不可轻易搬动，否则会坏了山庄的风水！"

有人说："可能是陨石吧？天外来客，价值连城，不如保护起来，可以开辟一个新景点！"

"可是，挪个地方总可以吧？"也有人说，"一块巨石堵住交通要道，好端端一个旅游胜地不就活生生被毁了吗！"

"是啊，好狗不当道。为了山庄的繁荣昌盛，必须搬开它！"人们小心翼翼地动起手来。

可是，巨石好大啊，地面上裸露的只是"冰山一角"，它的屁股坐到泥土底下，深不可测。人们折腾来折腾去，花了大半年时间，巨石依然纹丝不动。见这么多人奈何它不得，巨石哈哈大笑，像一个无赖赖在大道正中，堵住山庄咽喉，宇妍人欲哭无泪。

宇妍山庄在哭泣，宇妍山庄在怒吼！正当人们准备采取进一步的行动时，上面下达命令：巨石有可能是天外来客，在身份彻底查明之前，谁也不可轻举妄动！

时间在人们焦急的等待中悄悄流逝，一转眼又过了半年，人们一忍再忍、忍无可忍。

此时，有人发现，这块巨石根本不是什么天外来客，原先就是宇妍山山峰上的一块顽石，许多人登山时都见过它。它不过是在某个电闪雷鸣风雨交加的晚上，从山峰上滚下来了！原先高高在上，也算是一道风景。现在滚下来了，和普通岩石无异。

对！宇妍人恍然大悟，终于看清了它的真面目！立刻在顽石身上钻出百多个炮眼，迅速装上火药。只听惊天动地一声巨响，顽石粉身碎骨，宇妍山庄的金光大道又贯通了！

阳光普照，山花烂漫，宇妍人敲锣打鼓，欢庆自己解放自己。

这件事让宇妍人明白了，只有自己动手搬开挡道石，才能走出困境！

海神雕像

从前，东海之滨生活着雨燕部落，那里的人们祖祖辈辈打鱼为生。部落首领全凭经验指挥渔船出航。当然，因为天有不测风云，指挥失误也在所难免。善良的人们日夜期盼能有神灵庇佑。

有一天，海上漂来一根巨大的木头。首领请来十位资深雕刻家，花了九九八十一个日日夜夜，终于把巨木雕刻成威严无比的海神爷，人人望而生畏。海神爷开光时，整个部落张灯结彩，鼓乐喧天，热热闹闹欢庆了三天三夜。

最开心的莫过于首领了，以为从此可以高枕无忧，再不用天天费尽心思去看云识天气。现在有了海神爷庇佑，渔船能否出海，只要虔诚上香跪拜，卜卦摇签，海神爷就会告知凶吉，肯定万无一失！大家都以为雨燕部落即将翻开华彩的新篇章。

可奇怪的是，一连几个月，渔民们卜的卦都是"不准出海、不准撒网、不准垂钓，只准晒网"，而这几个月，明明都是风平浪静啊。渔民们白白错过了打鱼的大好时机，损失惨重。而那些没有听信海神爷警告，偏要冒险出海的渔民都喜获丰收，满船的金鳞银翅闪耀着诱人的光芒。

尽管如此，大多数渔民还是不敢贸然出海，苦苦等待海神爷恩准。

终于等到有一天，人们到海神庙探问出海的凶吉，三次卜卦都是大吉大利，三次摇签都是上上好签。于是，所有渔船齐齐出航。

部落首领夜观天象，凭经验似乎会有特大风暴。可海神爷既然准许放行，自有他的理由，首领也不便多说什么。

结果，渔船刚刚驶出外海，突然乌云密布，狂风大作，翻江倒海，渔船被撞得四分五裂，不少渔民葬身鱼腹……

整个部落哭声凄厉，不少村庄成了寡妇村。人们悲痛欲绝，部落首领肠子都悔青了。

寡妇们怒不可遏，纷纷拿起棍棒和菜刀，哭喊着冲进海神庙……

十位雕刻家心疼自己的杰作，早在寡妇们到来之前，七手八脚把海神雕像送回大海，大家摇头叹息："海神爷，你既不作为，又乱作为，罪莫大焉，你就好自为之，哪儿来回哪儿去吧……"

海神无奈地说："我原本就是一根木头，是你们精雕细刻，把我变成神灵的，我哪有心思和能耐管你们部落死活啊！"

善良的人们啊，天下本没有救世主，何苦要自己造神来毁灭自己呢？

狮王的"民主"

民主是世界的潮流，顺之者昌，逆之者亡。

牛丞相劝狮子大王推行民主政治，赶上时代潮流。狮王说："我是王，我说了算，我要民主干什么！"

牛丞相说:"大王,其实,民主也并不可怕,无非是多听听大家的意见而已!"

狮王在牛丞相劝说下,尝试着召开一次民主大会,请大家多提宝贵意见。

小动物们不明就里,不敢贸然开口。静场片刻之后,小老鼠第一个发言,它说:"其实,咱们的狮王是个沙画艺术家,有一天,我看见大王在沙坑里留下许多'梅花',毕竟是大王,比小花猫留下的小'梅花'气派多了。"

狮王羞红了脸,连连摇头:"哪里,哪里,那是我的脚印,不是沙画。"

"瞧瞧,我想提的意见就是:大王不该过分谦虚,沙画是当今最前卫的艺术,大王的才艺是王国的风采,应当大张旗鼓宣传,这样,就更显得咱们王国的高雅、文明与不同凡响……"小老鼠显得很真诚,还挤出几滴激动的眼泪。

有许多小动物都附和小老鼠的话。狮王笑了,表示虚心接受意见。

第二个发言的是猴面狐,它说:"我认为,对于大王来说,过分洁身自好并非好事,大王如果能多宠幸异性,多生产小王子,将来王国的接班人就更有选择余地了。为了王国的明天,恳请大王多多充实后宫佳丽,这是刻不容缓的头等大事啊!"

狮王眉开眼笑,答应立即照办。

狮王想,原来民主如此美好,怪不得大家都喜欢民主呢。可德高望重的教育部长老山羊急了:这是什么民主,分明是阿谀奉承、溜须拍马嘛。这样下去,王国前途堪忧。老山羊希望大家都能讲真话，切实负起民主监督的责任，所以它率先垂范，直截了当地向狮王提意见："大王，咱们王国的用人制度必须改革，不能个人说了算，那样很危险。比如人人喊打的小老鼠，投机钻营，别有用心，大王却非要提拔重用，实在有损王国形象……"

"你说什么？"狮王勃然大怒，"本王要用一个人也不行吗？轮得到你来教训吗？反了天了！拉下去，打入天牢，明日午时三刻，开刀问斩！"

牛丞相再也不敢提起推行民主政治了。从此，王国民心涣散，狮王也很快被赞同牛丞相主张的大象、老虎等赶下了台！

得宠的黄鼠狼

黄鼠狼是偷鸡高手，夜晚，它悄悄爬上鸡背，咬住鸡脖子，使鸡叫不能叫死又死不了，黄鼠狼就用毛茸茸的尾巴刷鸡屁股，倒霉的鸡没有不中邪的。

鸡有夜盲症，不知何方妖魔作乱，只好战战兢兢载着它跑。到了指定地点，黄鼠狼才咬断鸡脖子。就这样，黄鼠狼每天都送鸡给狮王当点心。吃了中邪的鸡，狮王也中邪了。因而黄鼠狼就得到了狮王的赏识，并且准备提拔重用。黄鼠狼便得意洋洋，飘飘然找不着北。

黑猫警长曾经对黄鼠狼有所怀疑，但都查不到真凭实据。因为，失踪的鸡比黄鼠狼大好几倍，它怎么背得动？所以，黄鼠狼

装出一副无辜的神态，确实蒙蔽了许多人。

黄鼠狼因为有前科，便悄悄改名叫"黄狼"。灰狼说：黄狼是我的堂弟，不准你败坏它的声誉！黄鼠狼瞥了灰狼一眼，不予理睬。黄鼠狼有恃无恐，因为它有靠山。

晚上，黄鼠狼偷偷向狮王告密，说灰狼要谋反，将其列入黑名单。黄鼠狼干尽了坏事，引起了公愤，但一次次得到狮王的袒护。

动物王国年终颁发最高奖，奖金由企业家牛经理赞助，黄鼠狼要来冠名，狮王说："冠名就冠名吧，有人冠名有什么不好啊！""大王，这对牛经理来说太不公平了，牛经理种树，怎么可以任由黄鼠狼来摘桃子？"这事遭到所有动物的反对，争持不下，黄鼠狼恼羞成怒，竟在大庭广众之中大放黄鼠屁，奇臭无比。

真是小人得志，无法无天。虽然黄鼠狼有狮王庇护，但多行不义必自毙，黄鼠狼还是像过街老鼠一样，被人人喊打。

狮王的宠物

狮王收养了一只宠物——大松鼠。大松鼠上蹿下跳，善于投狮王所好，是狮王不可多得的开心果。狮王越看越觉得可爱。

狮王准备提拔大松鼠当国王助理，但王国中意见纷纷。有大臣劝告狮王要慎重。大松鼠虽然憨态可掬，但行动诡秘，形迹可疑，需要深入考察。

　　狮王非常恼火，心想，如此可爱的大松鼠有什么可疑的？你们居然不相信寡人的判断能力！岂有此理！

　　可是，王国中越来越多的臣民闻到了大松鼠身上的异味，一再提醒狮王要多加小心。飞扬跋扈的狮王不听劝阻，一意孤行，谁提出异议就与谁势不两立，就要把谁置于死地。结果，弄得自己众叛亲离，狼狈不堪，它真正成了孤家寡人。

　　终于有一天，大臣们查明了真相，原来这是一只披着松鼠外衣的黄鼠狼，有过前科，是"偷鸡协会"的首犯。作案时曾经被当场抓获，当时，黄鼠狼也表示过要认罪服法，但走出大牢后就翻脸不认账，精心伪装自己。它曾经跟一个邪门的气功师练过缩骨功，"喽哩嘎啦"一阵响声过后，黄鼠狼缩小了身子，钻进松鼠的外套，变成了一只可爱的大松鼠，忽悠了不少善良的人们。尤其在混进动物王国摆平狮王以后，更是得意忘形。它见时机成熟，便投机钻营，搬弄是非，准备借昏庸的狮王之力除灭异己，抢班夺权。

　　谁知时运不济，邪不压正，虽然披上了大松鼠的外衣，已经伪装得天衣无缝，而且又得到狮王的百般宠爱，但还是掩盖不了黄鼠狼自身特殊的恶臭！它终究丑态百出，原形毕露，在一片喊打声中逃离了动物王国。

　　唯我独尊、不可一世的狮王目瞪口呆，它被愤怒的臣民们赶下了王者的宝座。它至今也不敢相信，憨态可掬的大松鼠竟然会是一只有过前科的黄鼠狼！

　　民间有黄鼠狼会迷人，会使人中邪的传闻，其实，越是道貌岸然的大人物越容易被黄鼠狼之类的小人玩弄于股掌之间。

怕上网的狮王

狮王曾经被猎人的罗网网住，全靠小老鼠咬断网线救了它。从此，狮王怕网，甚至看到蜘蛛网都打哆嗦。

时代在进步，今天，互联网风靡全世界，动物世界也开始普及了，可狮王就是不肯学习，更拒绝使用。不过，动物王国网上一有风吹草动，狮王还是有所察觉。狮王洋洋得意："嗨嗨，虽然我没有上网，可一切都在我的掌控之中！"原来，有一只小老鼠做它的眼线。

小老鼠每天悄悄爬到网上，东瞧瞧，西闻闻，一有动静，便偷偷告密。人们知道小老鼠心怀鬼胎，肯定会向狮王提供许多错误信息，狮王的判断和决策一再出错，大家都希望狮王与时俱进，学会亲自上网，不要让小老鼠牵着鼻子走，狮王断然拒绝。大家担心迟早要出事。

不多久，大家了解到小老鼠曾经作奸犯科，网上响起一片喊打声。狮王问："小宝贝，网上有什么新闻吗？"小老鼠说："这个，这个，我不好意思说。""你我之间，还有什么说不出口的，只管实话实说啊，宝贝！""其实也没有什么，无非是说了我许多好话，还建议大王提拔重用。""这有什么不好意思说嘛！这个意见与寡人不谋而合，寡人立即下旨！"

小动物们知道后，又响起一阵喊打声。狮王问小老鼠："寡人已经下旨了，网上有何反响呀？""有啊，臣民们都说大王英明，知人善任，臣民们山呼万岁呢！""哦，这样，寡人就放心了！"

就这样，狮王越走越远，甚至激起了公愤。老虎和金钱豹等猛将虎视眈眈，呐喊着要把小老鼠揪出来。

狮王问小老鼠："我的宝贝，网上有什么新动向吗？"

"有啊，大王。老虎和金钱豹阴谋造反！"

"这还了得，你每天给寡人盯着点，及时告诉寡人，寡人把这个阴谋小集团斩尽杀绝！"于是，小老鼠就把对自己有威胁的动物一一列入黑名单……

狮王得意洋洋，心想："虽然寡人不上网，但寡人对一切都了如指掌啊！"

狮王又问小老鼠："现在总该风平浪静了吧？"

"我的大王，我真的不好意思说出口啊，大家说，说……""唉，你又谦虚了，实话实说吧，我的宝贝！""那我就实话实说了！大家的意思是，让大王忍痛割爱，把王冠上的宝石奖励给我，否则，它们要造反了！"

"哦，原来如此啊！好吧，寡人照办就是了。"狮王取下宝石，交给了小老鼠……

不多久，造反大军杀进王宫，狮王忙问："你们这是干什么啊？寡人不是根据你们的意见，把最宝贵的宝石交给小老鼠了吗！"

"大王，你上当了。"造反大军首领金钱豹说："这都是小老鼠的阴谋诡计，大王快快把它交出来！"

咦，小老鼠呢？这家伙早已带着宝石逃得无影无踪了。

能使大钟停摆的怪齿轮

　　滴答，滴答，大钟悠哉游哉地唱着歌，悦耳的钟摆声和"喤喤喤"洪亮的报时声汇成时间的交响乐，和谐的旋律令主人感奋不已。突然"咔嚓"一声，身处关键位置的一只齿轮卡住了，大钟在紧要关头停摆了，主人急忙为那只齿轮添上润滑油，才使交响乐重新和谐起来。一会儿，这只齿轮再次卡住时，主人急了，因为是除夕，他正在等待新年的钟声带来好运呢。他大喊道："我的阿爹，在这关键时刻，你可千万别卡住啊！"

　　怪齿轮悟出了其中的奥妙，便时不时卡一卡，还津津乐道地向那些安份守己的齿轮们传授经验："傻瓜，要是你们一辈子咬紧牙关老老实实周而复始无休无止地飞转，那么谁也感觉不到你的存在、你的威严。世上最犯贱的是人，你不给他点厉害瞧瞧，他就不会叫你阿爹！"

　　洋洋自得的怪齿轮正在喋喋不休地发表它的"宏论"，谁知主人已经忍无可忍了，他怒吼起来："决不能让这种怪齿轮留在关键位置上，干脆废掉它，换个新的！"他恶狠狠卸下怪齿轮，换上新的。那自鸣得意的怪齿轮便被丢弃在废料堆里了。

　　滴答，滴答，悦耳的钟摆声又一次响起，"喤——"零点的报时声准时敲响，新的一年来临了。主人点燃了一挂鞭炮，迎接即将冉冉升起的崭新的太阳，而那怪齿轮将很快被人遗忘。

寓言人和小人找真理

寓言人孜孜不倦地探求真理，他用优美的故事作为外衣把真理包装起来，变成一则则生动有趣的寓言。他乐此不疲，只要能找到真理，造福四方，自己纵然粉身碎骨又有何妨！寓言人打点行装，风尘仆仆地上路了。

半路上，碰到了小人，小人也要一起去找真理。寓言人知道这是一个心术不正、精于投机取巧的人，被他缠上了，想摆脱也难。寓言人只得与小人同行。

这时候，天空飞过两只闪光的水晶球。寓言人立即提醒道：注意啦！那只绿莹莹的水晶球就是真理，而那只红光闪烁的水晶球虽然十分抢眼，却是谬误！

"嗨！你认为我是傻瓜吗？不用你指点，我早就看清楚了！"小人很自信地说。

"那好，咱们一同追上去，很快就会找到真理啦！"寓言人和小人都很激动，想不到这么快就发现了真理。他们随着两颗飞行的水晶球，进入了一个会议大厅。

大厅里争论得异常激烈，双方剑拔弩张，各不相让。这时一个名不见经传的小人物抓住了绿莹莹的水晶球，高声大喊："我找到真理啦！"会场里立即掌声雷动。

与此同时，头戴乌纱的大人物一把抓住红光闪烁的水晶球，

高分贝地欢呼起来："我找到真理啦！"人们迟疑了片刻，随即也报以雷鸣般的掌声。

究竟真理在谁手中呢？其实人们心中明白。绿莹莹的水晶球在小人物手中，他找到了真理！但是大人物头戴乌纱，你敢说他抓住的是谬误吗？所以投票结果，一半对一半，旗鼓相当，不分胜负。

主持人允许两位新来的客人——寓言人和小人各投一票。大人物手下的两个彪形大汉立即取出寒光闪闪的手铐候着他们呢！

小人倒吸了一口冷气，立即投了大人物一票。

寓言人说："头可断，血可流，真理万万不可丢！"他理直气壮地想投小人物一票，却被两个彪形大汉押进了大牢。

结果，真理以一票之差输给了谬误。

大人物设宴庆贺胜利，小人成了座上宾。

为了能长治久安，大人物下令将小人物和绿莹莹的水晶球一同埋葬了。

当寓言人出狱去祭奠小人物时，却惊奇地发现他的墓地里长出一棵水晶树，树上挂满了水晶球。金秋季节，绿莹莹的水晶球成熟了，漫天飞舞，蔚为壮观，越来越多的寓言人找到了它，接纳了它，并将它们精心包装起来，变成许多寓言佳作。

飞扬跋扈的大人物在一片打假声中风雨飘摇；投机钻营的小人更是惶惶不可终日。

钻心虫

从前，"雨燕"和"虫虫"两个部落交战，"虫虫"根本不是"雨燕"的对手。"虫虫"的十万大军围攻过来，"雨燕"派出五虎将，大败"虫虫"，"虫虫"几乎全军覆没。"虫虫"部落首领派出巫师抵挡。

巫师鬼鬼祟祟登台亮相，他一会儿装神弄鬼、手舞足蹈，一会儿口中念念有词，不知葫芦里卖的什么药……

"雨燕"部落的将士们笑翻了天，知道"虫虫"部落已经黔驴技穷了。十万大军尚且片甲不留，一个巫师会有什么能耐！

不多久，巫师幻化成钻心虫，蠕动着爬过来，恶心死了，谁也没有理睬它，以为钻心虫只是想糟蹋庄稼。

再过了一会儿，钻心虫消失了，而"雨燕"部落的首领却突然中了邪，他立即翻脸不认人，下令将五虎将全部拿下，打入死囚牢，午时三刻开刀问斩。众将士苦苦哀求，"雨燕"首领毫不留情，他已经成了钻心虫的代言人。钻心虫通过巫术完全控制了中了邪的"雨燕"首领，将自己复仇的意愿，一一实施。"雨燕"首领众叛亲离，举步维艰……

可想而知，要不了多久，几代"雨燕"人创下的基业即将败落了，"雨燕"人在哭泣……

众所周知：堡垒最容易从内部攻破！

投 鼠

一阵窸窸窣窣的声响把老教授惊醒了。

"谁？"老教授大喝一声。

"是我，老鼠啊。干吗大呼小叫的！"

"你在干什么？"

"我在咬文嚼字啊！"

"啊？坏了。老鼠在书柜里啃食书籍，那些图书可是我的至宝啊！"

老教授翻身起床，拿一根棍子打老鼠。老鼠"吱溜"一声逃走了。老教授打不到老鼠，气得浑身发抖，无可奈何地重新躺下。

老鼠的声音响起来了："来啊，老头，有种的你来打我啊！"

好家伙！小小一只老鼠，这回声音放大了十几倍。怪事！

老教授循声找过去，原来老鼠爬到花瓶里去了。我的天，这是沉船中打捞上来的古董，可能是元代青花瓷，是价值连城的宝物啊！碰不得，为一只小老鼠打碎了花瓶可不得了。投鼠忌器！老教授忍下了。

等老教授睡下时，老鼠又钻进书柜"咬文嚼字"，老教授想打老鼠，老鼠又"吱溜"到花瓶中去了："来啊，老头，有种的你来打我啊！"

如此反反复复。老鼠借助青花瓷花瓶的共鸣疯狂向老教授挑战。

老教授气不打一处来，他忍无可忍，把棍子高高举起，狠狠砸下去，花瓶和老鼠同归于尽了。

教授夫人赶了过来，一看，傻了。指着老教授道：

"天哪，你是不是疯了，为一只小老鼠，竟然连青花瓷宝瓶都砸成了碎片！"

老教授哈哈大笑道："刚刚请教过专家，曾经轰动一时的所谓沉船中打捞上来的古董，全是造假炒作的赝品，值不了几个钱的！"

老鼠贴金

"什么东西，芳香扑鼻？哦，谁丢了一块排骨！"来得早不如来得巧，老鼠慢慢靠近，见四周无人，准备抢过排骨，迅速逃跑。

"啪嗒"一声，老鼠被鼠夹咬住了。

挣扎，挣扎，拼命挣扎，老鼠终于脱身了，可鼻梁上被鼠夹咬破了一层皮。

老鼠躲进了一座寺庙，刚进门，见四大金刚怒目圆睁，吓得它差点魂飞魄散。

老鼠还算机灵，钻到弥勒佛身后去了。

老鼠惊魂初定，心想："鼻梁上鲜血淋漓，人家一看，就知道我有前科，得想办法在鼻梁上贴金片。"

香客渐渐散去，寺庙里静悄悄的。

"伊伊呀，伊伊呀……"老鼠爬到弥勒佛的肚皮上，伸出爪子挖金片。

四大金刚听到了响声，大喝一声："大胆！"

老鼠慌了，以为四大金刚会一脚把它踩扁的。过了好一会，不见动静。老鼠放心了，原来四大金刚也是光打雷不下雨，它们被固定在座位上，不能自由行动。

老鼠壮壮胆，继续挖金片。四大金刚再次吆喝时，老鼠敢于顶嘴了："你们管得着么？弥勒佛自己都没说什么呢！"老鼠一边说，一边挖下金片，贴在破损的鼻梁上说："我是金鼻，我是金鼻——"人家告诉它："金鼻是著名的寓言作家，不要冒名顶替！"老鼠说："他是假的，我是真的，瞧瞧我的鼻子！"

十八罗汉大声嚷嚷："老鼠！老鼠鼻子上贴了金，出门肯定会蒙骗更多人，快抓住它！"

弥勒佛没有行动，只是笑指两边的对联："大肚能容容天下难容之事，张口便笑笑世间可笑之人。"

唉，这弥勒佛，真糊涂啊，老鼠贴了金，就会有更多忽悠人的资本啊！

两猴行路

春寒料峭，日暮时分，老猴匆匆赶路。小毛猴快步追上来："朋友，咱们结伴同行！""好，边走边聊，不会寂寞。"

老猴见小毛猴脸色苍白，便把装了干粮的旅行包解下来交给它，再把自己头上的帽子脱下来，戴在小毛猴头上："都归你了。振作精神，好好赶路！"

小毛猴受宠若惊，语无伦次："这……这……"

"没关系，那个旅行包迟早要交下去的，至于帽子，我还有好几顶呢！"老猴又取出一顶新帽子戴上，小毛猴睁大眼睛，盯着新帽子看了好一会。

"乍暖还寒时候，最难将息"。老猴累了，在路亭歇歇脚，喝了杯酒，打了个盹。醒来时发现头上的帽子不见了，急忙在路亭里寻找。小毛猴说："不好意思，刚才刮过一阵大风，有顶帽子落到地上，我捡到了……"

"哦，原来如此，那也归你了！"

老猴继续赶路，小毛猴急步跟上。老猴说："我快到家了，你自己上路吧！"

"这……"小毛猴有些迟疑。

"该有的不该有你都有了，你好自为之吧！"

"你是不是误会我了，其实我很本分，你看我老实巴交的……"

"对，我看得出来！"

"那你干吗回避我？"

"我怕万一再刮过一阵大风，如果连我的脑袋也刮飞了，人家会怀疑又是你捡去了！怕你会受到牵连！"

会忽悠的长辫子阿姨

某幼儿园两个小小班分别有两个阿姨，一个叫大眼睛阿姨，一个叫长辫子阿姨。

每个周末，阿姨们剪一朵大红花贴在乖孩子胸口，孩子们高高兴兴回家，让大人们夸一夸，很有成就感。

重阳节那天，大眼睛阿姨领着孩子们到敬老院去慰问，老人们很是感动，送给每个孩子一个很漂亮的新书包。因此，那个周末，大眼睛阿姨班的孩子们除了和长辫子阿姨班的孩子一样胸口贴了一朵大红花之外，还被特别奖了一个非常好看的新书包。

长辫子阿姨班的孩子们吵着闹着也要新书包。长辫子阿姨慌了，现在幼儿园里正在选拔园长助理，可不能让"大眼睛"占了先机。怎么办？对，小小班的孩子容易对付。先忽悠一下，安定人心，度过这一关再说。

长辫子阿姨和蔼可亲地说："小朋友们，没有奖品的奖是含金量最高的奖。一朵大红花，代表了最高荣誉，还要什么新书包，那新书包只是一种施舍，施舍！懂了吗？"

孩子们傻眼了，他们没有听懂，以为"施舍"就是书包。有个大胆的小男孩拉住阿姨的长辫子哭着叫道："阿姨，我要'施舍'……"全班小朋友跟着起哄："阿姨，我们也要'施舍'……"

"长辫子"生气了，歇斯底里大叫道："都别吵了！接受施舍就是耻辱，耻辱！懂了吗？"

孩子们更傻眼了，他们还是没有听懂。以为"耻辱"就是"施舍"，"施舍"就是书包，于是，全班齐齐哭叫起来："阿姨，我要'施舍'，我要'耻辱'……"

长辫子阿姨辫子又长又多，平时打扮得像维吾尔族姑娘那样可爱，所以颇得园长赏识。这回却正好被孩子们拉住辫子，脱身不得，狼狈不堪……

唉，人若有了非分之念，就会信口雌黄，颠倒黑白，什么荒唐事都干得出来啊！

族长脖子上长毒瘤

有人发现，族长脖子上长了毒瘤，消息传开，惊天动地！

族长是族人最敬重的首领，首领脖子上怎么可能长毒瘤呢？善良的人们知道后，心情非常沉重："咱们家族历史悠久，声名远播，谁如此放肆，竟然说族长脖子上长毒瘤，要是让外人知道，岂不是让人笑话！"

"是啊，族长满面红光，精神矍铄，怎么可能长毒瘤呢？"

这消息很快传到族长耳朵里，族长也觉得有损自己的尊严，下令严查！

有一个长者挺身而出，他告诉族长："不用查了，族长，是我发现的，您脖子上长的确实是毒瘤，必须清除，否则很快就会

危及生命！"

"胡言乱语，危言耸听！"族长大发雷霆，将长者打入死囚牢。

族长想，我的脖子上不过多长了一个小肉球，有什么值得大惊小怪的！他请了最高明的美容师，将小肉球整成一朵灿烂的牡丹花。

有一天，族人大聚会，族长登上高台，取下围脖，亮出脖子上的那朵"花"，高声大喊："大家看看，这是什么？分明是一朵牡丹花，别有用心的人竟然说它是毒瘤，真是岂有此理！唯恐天下不乱！"

族人们惊讶了，看不清究竟是花还是瘤。这时，有位资深的郎中走上台来，发自肺腑地劝告族长："族长大人，这明明是毒瘤，必须彻底切割，才有活路，不能再遮遮掩掩了，讳疾忌医，后果不堪设想啊！"

族长恼羞成怒，一意孤行。他让大管家来做评判。大管家一看族长拉长了脸，唯唯诺诺地说："我尊重族长，我尊重族长……"

"说得明白点，究竟是花还是瘤？"族长和郎中同时发问。其实，大管家也是一位很有威望的郎中，他的话自然非常有分量，所以双方都等待他开口。

大管家自然心知肚明，觉得问题十分危急，族长是在铤而走险，他想掩盖事实真相以维护个人的绝对权威。大管家本想规劝族长，但见到族长吓人的脸色，话到嘴边又咽回去了，支吾了半天，说："应该……应该是……花……牡丹花……"

族长舒了一口气，现在有了依据，他理直气壮地下令把这个郎中也打入死囚牢!

后来的故事,读者朋友们猜也猜得到,我就不必再啰嗦了吧!

乌鸦的臭嘴

广袤的沼泽地里生活着许多小动物,大家和和美美开开心心地在此安家落户,互敬互爱互帮互助,像一个欢乐的大家庭。

曙光初照,丹顶鹤在沼泽地深处鸣叫,尽情赞美这个大家庭呈现的一派祥和景象。芦苇丛中许多小鸟雀也都欢快应和,鸣声在碧空久久回荡。

歇在大树上的一只乌鸦耐不住寂寞,扯开沙哑的嗓门怪声怪气大喊大叫。可惜没有谁理睬它,它歇斯底里喊破了喉咙,却招来一顿臭骂。乌鸦伤心欲绝,它开始迁怒于丹顶鹤:有什么了不起的,不过有一个"丹顶"而已!却总是卖弄风骚,爱出风头,活脱脱是个名利狂!它要让丹顶鹤出出丑,否则这日子没法过了。

太阳渐渐升高了,黑熊行色匆匆经过沼泽地,乌鸦赶紧飞到黑熊身边,想与它说说心里话,可黑熊都没有正眼瞧它一下,却忙着向丹顶鹤问好。乌鸦更加怒不可遏:"哼,势利小人!看我怎么收拾你!"

乌鸦想捡几块石子砸过去,可沼泽地里找不到石子,只有一些野狗留下的臭狗屎。乌鸦叼起狗屎一趟又一趟来来回回忙

碌着，它悄悄把臭狗屎往黑熊和丹顶鹤家里塞。它看到黑熊和丹顶鹤回家时那个气急败坏的样子，很是开心，于是继续四处收拾臭狗屎，鬼鬼祟祟地一次次往别人家里塞，搞得熊和鹤的客厅里臭不可闻，让它俩整天忙着打扫家园。乌鸦躲在阴暗角落里偷着乐。

有一天，野狗拉稀了，狗屎稀薄，叼不起来。乌鸦豁出去了，索性用嘴巴吸，一口口吸，一口口喷到丹顶鹤的头顶上。

乌鸦自鸣得意，大喊大叫："大家看，丹顶鹤的丹顶是高价买来的，被人揭发了，丹顶变黑头啦，臭不可闻哪……"乌鸦的叫声引来一些小动物围观。丹顶鹤钻进水池里摇晃两下，当它重新钻出水面时，容光焕发，神采奕奕，依旧光鲜亮丽。围观群众连连鼓掌。

乌鸦自以为得计，以为这一下丹顶鹤肯定是吃不了兜着走了，它见大雁来看望丹顶鹤，便不失时机拦住它，神秘兮兮地对大雁说："别看丹顶鹤的头顶红得耀眼，其实是买来的，一钱不值，臭名远扬……"话没说完，大雁一把推开乌鸦，因为它闻到乌鸦身上有一股刺鼻的臭气。原来，乌鸦只顾着要让丹顶鹤出丑，忘了自己嘴上的臭狗屎还没有洗刷呢。

乌鸦不知道诽谤别人只能臭了自己的嘴巴。现在大家都清楚了，乌鸦的臭嘴比狗屎更臭！

李逵和李鬼

　　李逵是梁山好汉，知名度很高，他最爱打抱不平。一天，他下山时，正遇某山寨大王强抢民女，他抡起板斧，夺回民女，护送其还乡。

　　民女一家人感激涕零，预备了厚礼，要重谢李逵。

　　不料路遇李鬼。这李鬼装扮成李逵模样，接过厚礼。又见民女天生丽质，国色天香，便欲强行纳妾。民女死活不从，想不到梁山好汉也会趁火打劫，因此愤然上告。宋江深入调查，才知系李鬼所为……诸如此类张冠李戴的案件频发，李逵不胜其烦。

　　一天，李逵好不容易找到李鬼，劝他务必不要继续盗用自己用了五十年的名字，以免混淆视听。李鬼说："我在胎中时，就听娘叫我逵儿、逵儿的，出生后，问过娘，她说怀我时，梦到一道金光闪过，一条金龙入怀，化作婴儿，取名李逵。我娘是证人，我的名字已经用了五十一年了，要改你改。""胡说，宋江大哥查过你的户口，你分明是李鬼！"

　　"误会，误会，我爹为我上户口那天，正是鬼节，爹最怕鬼，疑心生暗鬼，就把李逵误写成了李鬼，阴差阳错……"

　　李逵知道跟无赖白费口舌，愤怒地抡起板斧想吓唬他。李鬼立即口吐白沫，躺倒地上抽风，李逵推他几下，李鬼索性装死，摆出一副死猪不怕开水烫的样子。

李逵气不打一处来："哼，我倒要看看'死猪'怕不怕开水烫！"

可当李逵提着一桶开水回来时，李鬼早就脚踩西瓜皮——溜之大吉了。

李逵十分无奈。因为世上向来是好汉怕懒汉、懒汉怕死汉、死汉怕无赖。"我是无赖我怕谁！？"

款爷和古玩

款爷偶然经过古玩市场，看见一只旧花瓶很奇特，便伸手把玩。店主赶紧挡住："先生，您没看见'请勿动手'的警示牌吗？"

"没关系，碰坏了，我赔你10只！这样的花瓶多的是！"款爷傲慢地说。

"不一样的，这是青花瓷，很贵的。"

"多少价？"

"起码150万！"

"哇，你杀猪啊？"

"一分钱一分货，这是元代青花瓷，真品！"

款爷不相信一只旧花瓶会这么值钱，但后来得知，有个行家竟然花200万把它买走了。

款爷这才领略了古玩的魅力，感到其中的无限商机。

款爷决心投资古玩，他走遍大半个中国，寻找目标。

他来到一个滨海城市，发现有人偷偷在贩卖"海捞文物"，其中就有元代青花瓷。有一种花瓶与那天在古玩市场见到的那种几乎一模一样。他开始讨价还价，买主出价 150 万，他一再压价，最终以 50 万成交。一共花了一千万，买了 20 件。

他兴冲冲来到古玩市场，想转手卖给那家店主。店主仔细考察了一番，慎重告诉款爷，他买的全是赝品，是当代人仿造的！

"不可能，花瓶上还长满了牡蛎之类的海生物，年代久远了……"

"这是很容易造假的，你要多一个心眼。如果你不能识别真品和赝品，千万别做古玩生意。你现在花一千万买来的只是一堆垃圾而已。"

款爷赶紧去寻找卖主，但卖主早已消失了。

款爷白白"丢"了一千万，好在款爷有钱，被人骗了这么多钱，居然还苦中作乐地唱起歌来："借我借我一双慧眼吧，让我把这纷扰看得清清楚楚明明白白真真切切……"

射手评奖

一次战役的成败离不开使用不同武器的射手。战斗胜利后，指挥员觉得应该论功行赏、好好表彰一下为胜利作出最大贡献的射手。

可是，如何制定评奖标准呢？这是最伤脑筋的事。机枪手说："这有什么难的，可以打分，最公平合理了。"

指挥员很高兴，让助手找机枪手制定计分方案。按该方案评奖结果，最佳贡献奖是机枪手。因为计分办法是：按战斗中发声的次数计分，响一次记1分。机枪手连续发声，记了2368分；狙击手枪枪击中要害，虽然撂倒了101个敌人，但只能记101分；高射炮响了585次，虽然没打下一架飞机，但总算还是把敌机赶跑了，所以高射炮手记了585分；最倒霉的要数大炮炮手了，他虽然只响了4声，但却轰垮了敌人的4个桥头堡，为战役的胜利开辟了道路。这是有目共睹，有口皆碑的。但大炮毕竟只响了4次啊，就算适当照顾，加倍计分，也只能得8分，差距太大了，谁也帮不了他。

评奖后，意见纷纷。指挥员十分不解，去征求高射炮手意见。高射炮手说："主要该凭射击高度计分，这样才公平公正。"

指挥员又去征求狙击手的意见，狙击手说："凭发声次数和射击高度计分都是不科学的，谁知道你打着了没有？我看唯一正确的方案是凭命中率计分，再参考命中的数量加分，这样大家都无话可说了。"

指挥员最后又去征求大炮炮手意见，炮手说："我无话可说。"

"为什么？"指挥员刨根问底。

炮手说："你问我，我的方案肯定是按发声的分贝计分，或者按轰动效应和实际效果计分。不过，只要战役取得了胜利，评不评奖都无所谓。因为原本我开炮并不是为了计分啊！"

其实，指挥员应该明白：使用同一种武器的射手，他们在战役中的贡献尚且难以量化，更何况是不同的武器种类啊！再说，"运动员"兼当"裁判员"，那就永远别想制定出科学合理的规则了！

第二辑

浇　花

浇 花

养花人养了多种花，最偏爱的是君子兰。每次浇花时，特别优待它。可是，君子兰偏不领情，一副病恹恹的样子。养花人生气了，把它搬到角落里，再也不想看到它。

过了半月，君子兰在角落里灿烂绽放了。养花人奇怪地问："我不再理睬你，你却开花了；当初，我天天加倍为你浇水，你却半死不活的，你辜负了我的爱！"

君子兰说："那不是真爱，而是溺爱！"

名片头衔

为了促进交流，动物世界也开始制作名片了。小刺猬名片上的头衔是：著名益兽，国家二级保护动物，全身披挂用于自卫的刺衣。小蚂蚁的头衔也很多：著名世界最轻量级举重冠军、世界最勤劳、最团结、最聪明的昆虫之一。最简单的名片是"大熊猫"和"东北虎"，只印上各自的名字。有人问："大熊猫和东北虎头衔很多，为什么只写三个字？"答："越是著名越不想炫耀，越是名不见经传越会有一串'著名'头衔。"

拍　蝇

苍蝇传布疾病，非常可恶。有一位拍蝇专家，拍蝇本领高强，天天创记录。可是，尽管拍蝇的方法越来越多，拍蝇的力度也越来越大，但苍蝇却越拍越多，大有"前赴后继"之声势。拍蝇专家感到奇怪，他追根寻源，发现苍蝇是从一个没遮没盖的大粪池中起飞的。走近一看，哇，粪池中蛆虫密密麻麻的，这里非常适合它们滋生。蛆虫一批接一批地衍化成苍蝇。

如果不从根本上治理，拍蝇专家再多、本事再大又能解决什么问题呢？

鸡鸭对话

鸡：用爪子往后刨土，肯定会有收获。

鸭：废话！只有潜入水底才能享受美食。

鸡：骗鬼！钻到水底找死啊？

鸭：没有骗你，我天天都是这样吃到螺蛳的！

鸡：吹牛，我才不会上你的当。现在的骗子真厉害，连隔壁邻居都不放过！

双兔恩怨

小白兔与小花兔一起爬山时，见到一位老太太摔倒了，小白兔忙去帮助她。

小花兔独自继续爬山。到了山顶，看见许多蘑菇，小花兔忙采着吃，一会儿肚子痛得不行，它知道自己中毒了，快没命了，想找个垫背的。等小白兔爬到山顶时，小花兔就骗它吃毒蘑菇。

在两只兔子奄奄一息时，小白兔掏出一颗老太太送的救命丸，对小花兔说：如果你不骗我，你就得救了……

母鸡叫蛋

一场大水毁了鸡窝，一只母鸡与鸭子关在一起。母鸡受了惊吓，好几天没有下蛋，而鸭子照例不声不响在下蛋。母鸡想：这蛋可能是我的，如果是鸭子下的，它怎么不叫唤呢？

于是，母鸡就"个个大、个个大"地大喊大叫起来。主人抓了一把谷子准备奖励，可看了半天，只有鸭蛋，没有鸡蛋，说："这是鸭子下的。"母鸡问："那它干吗不叫蛋啊？"主人说："它都是默默下蛋，从不邀功求赏的，哪像你啊！"

好斗的蟋蟀

蟋蟀互相残杀，供人取乐。许多人都喜欢捉蟋蟀卖钱，蟋蟀的命运好悲惨。据说，曾经有只聪明的蟋蟀提醒道："要想改变命运，先要改变自己好斗的恶习。"于是蟋蟀们不再打斗，即使强强相遇，也只是打个招呼各自走开。

从此，再没有人玩蟋蟀，自然也再没有人捉蟋蟀了。蟋蟀过上了平静的生活。

蟋蟀王要论功行赏，许多蟋蟀都说"不再打斗"的办法是自己想出来的。大家各不相让，斗得死去活来。于是，人们又开始捉蟋蟀玩蟋蟀了……

虎王发誓

老虎说：寡人是一国之君，应当受到大家的爱戴，如果有谁见了寡人就逃跑的话，寡人发誓追上去吃了它！

老虎又说：寡人是一国之君，应当有无比的威严，如果有谁见了寡人毫不畏惧，不想逃跑的话，寡人发誓更要吃了它！

问：那什么样的人才不会被吃呢？

答：除了我吃不了和不想吃的！

鹦鹉的命运

鹦鹉养在鸟笼里，无忧无虑，天天学人话，逗主人开心。老主人去世后，小主人很同情鹦鹉，决定还它自由，就把它送到森林里放飞了。

不久，一条毒蛇向它爬来。鹦鹉看见后，不知所措，情急之下赶忙对蛇说起了人话，想逗它开心："您好！欢迎光临！"蛇没有听懂它在说什么，但已经接收到鹦鹉的信息，猛地将它咬住了……

基　因

蚊子虽然渺小，但非常机灵。它吸上一口血，不等人动手就赶快逃走了。有一天，它停在一个胖子手上，吸上一口血，原本准备立即飞走，但这个胖子的血特别鲜美，蚊子贪婪地再吸一口、再吸一口。

胖子轻蔑地看着蚊子，然后又得意地警告道："傻蚊子——你如此贪婪，是不会有好下场的！"蚊子说："您的血很特别，吸上一口，就戒不了了！"

这个胖子是个贪官，他的血液中有贪婪基因，蚊子越吸越有味，终究被拍成了肉泥。

其实，蚊子的下场就是贪官的下场啊！

父子摸鱼

父子俩从鱼池边走过，看到池鱼越长越大了。儿子吵着要捉鱼，可池水很清，人影一晃，鱼儿倏忽远逝。

父亲说，清水是捉不到鱼的。想捉鱼，看我的，浑水摸鱼是老爸的强项！老爸拿着破扫帚，用力把水搅浑，确实捉到几条小鱼。他想抓条大的，伸手在浑水中一摸，惊叫起来："阿呀妈呀——"原来，老爸的手指被一只大乌龟咬住了！儿子说："乌龟咬你，叫奶奶干吗，快打 110……"

唉，总想浑水摸鱼，迟早会倒霉的。

斑马和斑马线

一匹斑马闯到城里，看到马路上到处都是斑马线，气不打一处来："画了这么多斑马线，是谁批准的？"不见有人理睬它，

斑马更加发火了，故意在斑马线上跑来跑去。

交警来了，想赶它离开。斑马一脚把交警踢得四脚朝天："不告你们侵犯知识产权就算很给面子了，我在自己的斑马线上跑一会儿都不行吗？"

借款还款

一个夏日，张三向李四借了1000元，一个月到期时，下着暴雨，张三准时送来了1100元，说："有借有还再借不难"。

一个秋日，张三又来借10万元，到期时，大雪纷飞，张三准时送来了11万元，说："诚信是做人的根本！"。

一个冬日，张三借款100万，李四把所有积蓄都交给了他。还款那天，风和日丽阳光灿烂，可张三失踪了，与李四有同样遭遇的还有10多人。

菩 萨

古庙里供奉着一尊怒目圆睁的大佛。肃杀威武，令人望而生畏。人们敬香跪拜，口中念念有词，虔诚祈求大佛庇佑……有一天，突然发生了一场百年未遇的大地震。古庙垮塌了，大佛瘫倒了。

善男信女们这才发现，原来威风八面的大佛不过是一堆烂泥巴包裹着几捆烂稻草。其实，一些道貌岸然的老爷往往只是个大草包。

官员入静

某官员血压居高不下，随时有中风危险。一气功大师教他密招：静下心来，去除杂念，气沉丹田，放飞想象。

他进入一个绝妙的境界：漫天彩霞，碧波万顷，海面上飘来一朵圣洁的大白莲，他轻身飞落莲座，随风悠悠飘荡……此君正在莲座上尽情享受之时，突然走神了，他想到换届在即，竞争对手频频出手有可能获胜。此君咬牙切齿，一发力，中风了，生命垂危。

唉，非分之念比魔鬼更可怕！

三代探矿人

两兄弟穷得叮当响，相约去探矿。历尽艰辛，终于找到一座特大的金矿。兄弟俩同时萌生独吞矿产的贪念，悄悄在对方水壶里投毒，最终，金矿边留下了两副白骨。

两家儿子结伴寻父。

跋山涉水，风餐露宿，终于找到了父亲的遗物和遗骸。他俩也发现了大金矿，为了继承家父夺矿的遗愿，双双斗个你死我活，结果同归于尽。

两家的孙子又开始上路了，但愿他们不被贪欲迷了心窍！

寻　宝

有人想发财，走火入魔了，就请算命先生指点迷津。算命先生神秘兮兮地告诉他："先登上东南方向那座山峰，向右走 100 步，再向前走 100 步，就会发现一个藏宝洞，里面有价值 100 多万的宝贝。你先交 1% 的诚意金，保证发大财了。"

此人交了钱，匆匆出发了。爬上山峰，向右走 100 步，前面是悬崖峭壁，再向前走就是地狱。他这才恍然大悟，知道上当了。

一个人非分之念越强烈，智商就越低下！

巴　掌

院子里有一棵高大的栗子树，连续三年没有结果了。

小孙子想砍树，砍了一半，被爷爷拍了三巴掌："从前，栗子树年年结果，曾经无私奉献过，咱们怎能恩将仇报？"

当天，大雨倾盆，洪水漫过房顶，祖孙三代人爬到栗子树上避难，才逃过一劫。孙子说："爷爷，你这三巴掌保住了栗子树，也保住了咱们三代人啊！"

无 赖

无赖无法无天，无耻无畏。别人说不出来的话他敢说，别人做不出来的事他敢做。人人讨厌无赖，却又奈何他不得。有人提议：把"难为情"请出来，治一治无赖！大家都说这个办法好，因为没有谁不怕"难为情"的。

"难为情"自信满满地走过去，无赖说："我不怕'难为情'。"它飞起一脚把"难为情"踢得人仰马翻。"难为情"说："啊？原来是无赖啊，我'难为情'最怕你！"

老狼的忏悔

老狼不小心跌落深井，哭喊了三天三夜，没有谁想救它。老狼估计死期到了，就向上帝忏悔："主啊，我老狼一辈子坏事做绝，后悔不尽，请宽恕我吧，别让我的灵魂下地狱，下辈子我一

定做一只吃草的好狼……"老狼声泪俱下，感动了路过的老山羊。它费尽心思把老狼救上来。老狼张口要吃老山羊，老山羊说："刚才你不是向上帝忏悔过了吗？怎么……"

"上帝很受感动，他说：'等会有傻瓜来救你，吃了它，再好好忏悔吧！'"

镜子前的八哥

有人买了一只八哥，要教它说人话。八哥想：说人话是鹦鹉的专利，我们八哥理该知难而退。任凭主人怎么教，八哥无动于衷。主人取来一面镜子，放在八哥面前，自己躲在镜子后面说话："您好！我是八哥，欢迎光临，恭喜发财！"咦，谁在说话？八哥看见镜子里的影子，以为是这只八哥在说话。想：既然它会说人话，我也应该可以学会的。八哥有了信心，坚持不懈，果然很快就学会了说人话。原来，信心就是最好的老师啊！

派不出人的派出所

为了调动下属的积极性，派出所所长长臂猿封了许多部长：后勤部长、小卖部长、环卫部长、排泄部长、统计部长、百管部长、不管部长……都是部长，办事员没有了。好在长臂猿手长，它四处伸手，亲自操办，但怎么也应付不了。

有一天，发生了一起凶杀案，情况十万火急，接警后，派出所除了所长，再也派不出任何办案民警来了。

大象和蚂蚁

大象和蚂蚁同时荣获举重冠军，大象是超重量级，蚂蚁是超轻量级的。越是渺小的东西越喜欢摆大架子。蚂蚁非要把自己的照片放大一千倍，宣传文章至少八万字以上。大象的说明文字只用"超重量级举重冠军"八个字。宣传橱窗布置好了，人们一目了然，对大象留下深刻印象。对于蚂蚁，宣传文字密密麻麻像小蚂蚁在爬，看着恶心。至于照片，虽然放大了一千倍，但仍然没有大象屁股的一半大呢。

突 围

国王御驾亲征，却被围困在山谷之中，情况万分紧急。赵将军领兵从东路突围，结果惨败而归；钱将军从南向突破，损失更加惨重；孙将军向西面突袭，人马死伤过半；危急关头，李将军

铤而走险，从北山悬崖峭壁开辟密道，逃出险境。

国王重奖李将军，欲严惩赵、钱、孙三将军。李将军道："陛下，三位将军的失败为末将提供了重要信息：东南西三路有敌军重兵把守，末将这才决定从北山开辟密道的啊，陛下应当首先奖励他们才是，怎么可以严惩呢？"

断尾狐

一家超市开业，笑面狐披上大衣去浑水摸鱼，被保安抓住，拉断了尾巴。断尾狐回到狐群，大谈断尾的好处：人类早就不要尾巴了，没有尾巴最聪明。本狐狸率先垂范，果断割下尾巴，准备成立断尾狐协会，本人是会长，第二个断尾的是副会长……正当大家争先恐后想当副会长时，超市保安带着断尾揭穿了它的丑事。真相大白后，狐群义愤填膺：这家伙真缺德，自己出丑了，还想拉别人垫背，不要放过它！其实，保安一来，断尾狐早就溜之大吉了。

侏儒办纪念馆

侏儒变卖家产创办了纪念馆，纪念自己的老祖宗。据考证，老祖宗曾经是威风八面的巨人。他请人凭想象雕塑了老祖宗血战沙场的英雄形象，侏儒天天守在馆里，不管来参观的人多寡，他都热情接待，沾沾自喜，认真讲解："我的老祖宗曾经是威震四海的巨人……"天长日久，侏儒越来越衰老、越来越矮小了。一个小朋友口无遮拦，问道："您口口声声炫耀老祖宗是巨人，您自己身上还保存多少老祖宗强大的基因呀？"

龟蟹教子

天蒙蒙亮，乌龟就吆喝开了："一二一，正步走！昂首挺胸，不要缩头缩脑、缩手缩脚……"龟爸爸在辅导孩子走步，九九八十一天，从未间断。可惜收效甚微，龟爸爸欲哭无泪；几乎同时，蟹妈妈也在训练孩子跑步："向前，向前，不要横行霸道！"唉，蟹妈妈同样沮丧到极点。天天起早摸黑的，她和孩子都累得口吐白沫，却不见孩子一丁点儿长进。操场边一棵大树说："你们自己也改变不了遗传基因，能怪孩子吗？"答："希望下一代替我们圆梦啊！"

穿雨衣撑雨伞的皮皮

班上最调皮的学生皮皮决心洗心革面。当他知道台风快来时，穿了雨衣又带上雨伞，万一有谁没带雨具，他就可以做好事了。

不料，所有同学都带了雨具来的。回家时，皮皮只好穿了雨衣，又撑着雨伞，走在路上有点怪怪的。突然，一阵狂风袭来，一人家三楼阳台上的花盆摔下来，砸烂了皮皮的雨伞，皮皮有惊无险，逃过一劫。皮皮想：还是做好人划算，帮助别人就是帮助自己啊！

菩萨的面子

蚊子妈妈教小蚊子吸血，她唱着歌停息在老太太脸上，老太太恶狠狠一巴掌拍来，蚊子逃走了，巴掌拍在自己脸上。小蚊子见了心惊肉跳。妈妈说："没事，我会让她下跪道歉的！"她边说边飞到观音菩萨脸上。

老太太点上香烛，"扑通"一声跪下来叩拜。小蚊子说："妈妈果然厉害，您是怎么做到的？"

"选择合适的位置很重要。"蚊子妈妈说："人可以不要自己的脸，却不能不给菩萨面子！"

第三辑

会唱歌的蚊子

会唱歌的蚊子

蚊子飞到骨瘦如柴的老人身边，赞美"千金难买老来瘦"，祝福老人健康长寿。老人开开心心的任凭蚊子吸了一口血。

蚊子唱着歌飞到胖嫂身边，赞美胖嫂丰满性感，风情万种，乐得胖嫂找不着北，蚊子就趁机咬上几口。

蚊子飞到小男婴身边，赞美他虎头虎脑，聪明机灵，将来必定会升官发财。以为时机成熟了，蚊子停歇在小男婴胖嘟嘟的屁屁上正想咬一口，便被拍成了肉泥。因为，小男婴根本没听懂蚊子在唱些什么。

机会的金丝鸟

三姐妹都盼望有好机会，而机会像一只金丝鸟正在自由飞翔。

金丝鸟飞到胖大姐家，胖大姐还在沉睡，呼噜声把金丝鸟吓了一跳，它失望地飞走了。

金丝鸟飞到二姐家，二姐正沉醉在麻将中，兴致正浓，无暇顾及，任由它飞出窗口。

金丝鸟飞到三妹家，三妹说："您终于来了，我已经恭候多时了。"三妹赶紧为它挂起精致的鸟笼，端上营养大餐，打开悠扬的伴奏音乐，让金丝鸟欢乐歌唱……

金丝鸟留下了，它只青睐有准备的人。

会跑步的卷柏

卷柏是一种会跑步的树，每当大旱来临时，它会卷起身子，把根从泥土里拔出来，随风奔跑起来，找到水源后重新生长。

一天，卷柏越来越感到干渴，又准备逃走了。仙人掌劝它把根扎得深一些，地底下水源还是充足的。卷柏说："何必呢，我们有优势，先离开几天再说。"大风骤起，卷柏飞走了。不巧得很，卷柏们有的挂在树梢，有的跌到马路上被车轮碾碎了，有的飞落在操场上，被小朋友们当足球踢成粉末……

卷柏毁于自己的优势。

被解救的猫头鹰

有30只猫头鹰差点被端上餐桌，经过珍稀动物保护协会的努力，解救了九死一生的猫头鹰。会长说：它们是国家二级保护动物，好好招待，明天放飞。秘书长就买了牛肉喂它们，因为协会资金有限，次日牛肉改作老鼠肉。猫头鹰知道了自己的身份，干脆赖着不走了，而

且非要吃牛肉："老鼠肉早就吃腻了，没有牛肉，我们绝食！饿死国家二级保护动物，你们吃罪不起！"会长很生气："忘恩负义的家伙，把你们统统送回酒家去！"猫头鹰一听，"呼啦"一声全飞走了。

麻雀的抱怨

现代的建筑连麻雀做窝的地方都没有，它们只能站在老树的小树枝上过夜。麻雀有夜盲症，两眼一抹黑，很容易受到猛禽和毒蛇的伤害。麻雀忍无可忍，每天天一亮就叽叽喳喳吵开了："知道吗，我们是国家保护动物？""太不像话了，我们要讨一个说法！"老树被吵醒了，说：孩子啊，你们可知道，麻雀曾经与人人喊打的老鼠一同被列入"四害"的行列，那些苦难的岁月都刻录在我的年轮中。比起你们的前辈，你们够幸福了，知足常乐吧！等你们有了新的贡献，再讨说法也不迟啊！

破嘴鱼谈教训

破嘴鱼贪吃饭粒，被鱼钩钓出水面，它拼命挣扎，嘴都挣破了，才算死里逃生。教训很深刻，它说："如果水面掉下一颗饭粒，请注意，那不是馅饼，而是陷阱，千万别贪心……"正说话间，水面落下一条蚯蚓。破嘴鱼看了又看，闻了又闻。蚯蚓蠕动着身子说："别靠近，我肚子里有鱼钩！""肚子里有鱼钩怎么还会说话？哈哈，我才不上你的当呢！"它壮壮胆一口将蚯蚓吞下。破嘴鱼很快被拉出水面，再也没有回来。

蛇洞和蟹洞

蛇王残害了无数水生动物，被害者家属到蟹王洞府去告状。蟹王耐心听取了它们的申诉，义正词严地说："蛇王如此残忍，天理难容！"蟹王把它们留下了。

蟹王杀害的小动物比蛇王有过之而无不及，被害者家属到蛇王洞府告状。蛇王认真听取了它们的倾诉，暴跳如雷："蟹王无法无天，严惩不贷！"蛇王把它们留在洞府。

夜晚，蛇王与蟹王开开心心地交换了告状者。可怜的家属们这才发现蛇洞通蟹洞的秘密，可惜已经迟了。

爬出地面的蚯蚓

山花烂漫，花香悠悠，蜂蝶飞舞，游人如织。人们吟诗作画，盛赞怒放的鲜花。

蚯蚓很是不爽，它觉得自己长年累月在暗无天日的泥土之下

辛勤劳作，却无人知晓，只赞美娇艳的花朵，太不公平了。

等到花园里脚步声最密集的时候，蚯蚓苦苦挣扎着钻出地面，它要告诉人们是自己在地底下松土耕耘。可是，它还来不及开口，就被人流踩踏成泥浆了。临死前，蚯蚓后悔了：我的岗位在地底下，干吗非要出头露面去送死啊！

披着羊皮的狼

狼咬死了领头羊，吃完羊肉，把羊皮披在身上，混进羊群，想吃到更多的羊。

羊群进了羊圈，牧羊人发现丢失的"领头羊"又回来了。他想：你这家伙，昨天死哪儿去了？害得我费了好大的劲才把羊群赶回家。现在有了新的领头羊，留着你只有添乱。

牧羊人拿棍子狠狠敲击"领头羊"的脑袋，老狼来不及号叫便呜呼哀哉了。

披着狼皮的羊

一只小母羊胆子特别小，怕夜里被狼袭击，睡不好觉。偷偷把主人剥下的狼皮披在身上。想："即使狼来了也会把我当同伙，不会吃我。"它安然入睡了。

半夜，小羊羔惊叫："啊，有狼！"羊群惊慌失措，牧羊人抓过猎枪，瞄中目标，"砰"的一声，小母羊还在睡梦里，便魂归西天了。唉，丢失本真，弄巧成拙啊！

房顶上的大船

海啸袭来，大潮把大船推上房顶。大船得意洋洋，平时天天仰望这座大厦，以为高不可攀，想不到今天有机会爬到它的头顶上！爽啊！它陶醉在居高临下的感觉里！

大潮要回归到大海的怀抱，让大船赶快下来，大船死活赖着不走，因此错过了时机。当渔村一切都回复平静时，只有大船怪怪地停在房顶上。虽然高高在上，威风凛凛，却完全失去了应有的作用。日晒雨淋，大船解体了。

戴眼镜的大公鸡

大公鸡戴上了眼镜，看上去斯斯文文的。它到处炫耀："看到了吧，男子汉大丈夫，都应该像我一样，多读点书，言谈举止就会文雅许多……"主人"啪"一下打它的屁股："你忽悠谁啊！"

主人揭了它的老底，"这种鸡长得快，肉质鲜美，就是爱打架。只好给它们戴上特别的眼镜，这种眼镜远看还清楚，走近了，模模糊糊什么也看不清，所以想打架也找不到对象了……""主人，别说了，别说了，羞死人了。"大公鸡羞红着脸溜走了。

三腿狮王

狮王被滚石压伤了一条后腿，痛得昏了过去。臣民们七手八脚把它装进猪笼里，准备抬到医院抢救。半路上，狮王醒来了，它发现自己被装在猪笼里，大发雷霆："寡人是堂堂一国之君啊，怎么能装在猪笼里？谁的主意？寡人饶不了它！"大家手忙脚乱，砍了竹子，做成担架，采了山花，把担架装饰起来，足足忙碌了一个多钟头，才抬着狮王去了医院，医生说，如果早来一个钟头，伤腿还能保住，现在只能截肢了。从此，它成了三腿狮王了。

狗屎运

从前，有个穷书生，一大早出门便踩到了臭狗屎，以为有倒霉运。他神思恍惚，魂不守舍，连走路都绊倒了。不料，地上闪过一道金光，仔细一看，原来是金元宝！想不到踩了狗屎来了狗屎运！于是，穷书生天天寻找狗屎踩。有人遛狗，他跟在狗屁股后面，狗狗拉屎了，他赶紧跑过去多踩几脚。可惜，再没有出现奇迹，反被人当成了疯子。

其实，运气可望不可求，刻意而为，弄巧成拙。

"应该死一万次"

有打工者，咬紧牙关，省吃俭用，积攒了五万元钱，正准备回家过年，却传来消息：明天有人将在摩天大厦跳楼自杀。打工者决心要救他一命，准备把五万元全捐出去。

人家告诉他：对那人来说，五万元只是大海中的一滴水，大漠里的一粒沙。前年，他是这座城里的首富，去年在富人榜中下跌了50位，今年已经榜上无名。即使榜上无名，他的资产至少还有5个亿……

"哦，他肯定是活得不耐烦了，死一万次也是活该啊！"

被英雄的军犬

"二战"期间，有人训练军犬，让它们背着小枕头，往坦克

模型上撞击一下，回来奖励火腿肠。天天训练，军犬乐此不疲。正式开战时，小枕头换上了炸药包。当敌方坦克铺天盖地袭来时，数百军犬出击，与坦克"亲密接触"，同归于尽。战争大获全胜，而军犬无一生还。

"二战"结束后，人们把"英雄"军犬铸成铜像，以示纪念。军犬冤魂不散，说："我们被愚弄了，以为出击一次回来有火腿肠奖励，谁知会粉身碎骨，有去无回啊！"

老狼的葬礼

老狼是虎王的重臣，马屁精自然很多。去年，丈母娘病故，办完葬礼，还有百多万动物币进账。老狼妻妾成群，钱早花光了，它索性装死，等礼金收得差不多了再"复活"。老狼想：丈母娘死了都能收到百多万，这次是我自己"死"了，估计应该有200多万进账。

老狼夫人四处贴讣告，甚至打电话、发短信广而告之。谁知送礼的寥寥无几，大家都说："老狼死都死了，还有必要送礼吗？"老狼恍然大悟：死人的礼是送给活人看的。

哭泣的烂泥巴

泥巴不像金子那样会发光，也没有玉石那样贵重，因此它伤心哭泣。智者说："天生我材必有用，不管是谁，都不该妄自菲薄。"泥巴说："我们都成这样了，这辈子完了！"

智者现身说法，亲自动手，将一些泥巴种上庄稼，一些烧制成工艺品，一些雕塑成观音菩萨。庄稼丰收时，人们载歌载舞，赞美泥巴；精美的工艺品价值连城，远超黄金和玉石；至于菩萨么，更让善男信女顶礼膜拜。想不到吧，烂泥巴也会"咸鱼翻身"啊！

歌　灾

有个业余歌手，即将参加全国金歌模仿秀大赛。他选了当代最具影响力的一位歌手的成名曲，反反复复播放，仔仔细细聆听。开始时，隔壁大叔也说这旋律太优美了。可听了一个星期，大叔严重审美疲劳。第二个星期还是这首歌，他已经无法承受了。第三个星期同样的旋律响起时，他终于疯了，恶狠狠冲到隔壁，把收录机也砸烂了……

最美好的东西也要有度，稀为贵，多必烂！

歪打正着

乌鸦躲在树丛中，看到黄莺站在最显眼的高枝上唱歌，提醒道："莺妹，你不要命了？快躲到树丛中来，这儿安全！""为什么？""枪打出头鸟嘛，你好出风头，迟早会遭殃的。"

"站得高看得远嘛，鸦姐放心。猎人来了，我会第一时间发现的！"黄莺只管放声高歌。

正在此时，一个小男孩蹑手蹑脚来到树下，举起弹弓一晃，一粒碎瓦片向黄莺飞来，不料中途拐个弯，弧线形向下飞去。只听"唏哩哗啦"一声响，碎瓦片穿过树丛，把乌鸦打下来了。乌鸦边落下边说：哎，是福不是祸，是祸躲不过，明明躲起来了，谁知会歪打正着啊！

白眼狼搬石

　　金钱豹的超市开张时，老狼混进去盗宝，被熊保安逮个正着。老狼一把眼泪一把鼻涕跪求熊大爷放它一马。熊见老狼哭得如此伤心，心一软就偷偷把它放走了。

　　老狼想：这回脸丢大了，我这一幅狼狈相让熊大爷看到了，恐怕日后没有出头之日了！对，趁丑事还没有张扬之前，必须先除灭熊！

　　老狼爬到山顶，拣了一块最大的石头想砸烂山下的熊窝。

　　夜幕降临了，等熊回窝时，老狼神不知鬼不觉地开始行动了。它赶紧扛起石头，向悬崖走去。不料慌乱之中摔了一跤，老狼搬起石头砸烂了自己的脚。

　　消息传开，大家才看清，原来这是一只白眼狼！

自食尾巴的蛇

蛇妈妈出远门前，告诫三个孩子："农民用剧毒农药把庄稼地喷洒了一遍，你们要多加小心！"

孩子们都不以为然，因为它们不是素食者，庄稼喷农药与己无关。

但是，灾难还是降临了：昆虫吃了庄稼，中毒了；青蛙吃了昆虫，很快就挂了；蛇老大和老二吃了青蛙，奄奄一息了；老鹰看见两条半死不活的蛇，吞食后，口吐白沫呜呼哀哉了……

"太可怕了！"老三想，"食物全污染了，想活命就只有吃自己的尾巴了！"可第二天，咬过的尾巴化脓了，老三再也找不到绿色食品，活生生饿死了。

黄鼠狼骑啄木鸟

"笃笃笃……"一大早，啄木鸟上班除虫，使劲叩击朽木，把窝在树洞里赖床的黄鼠狼吵醒了。黄鼠狼想尝尝啄木鸟的味道，猛一下扑到它背上。啄木鸟猝不及防，驮着黄鼠狼奋力飞上高空。

"怪不得大家都说你是偷鸡高手，果然名不虚传！"啄木鸟缓过神来说。

"鸡吃腻了，今天想尝尝新鲜的。"

"恐怕没有口福，如果你咬死我，你也活不了！"

黄鼠狼向下一看，倒吸了一口凉气："我的妈呀！我有恐高症，你放我一马，送我回家吧！""好啊，你把爪子松开，我会飞得更快。"

黄鼠狼照办了，啄木鸟一个鹞子翻身，把黄鼠狼摔向万丈深渊。

顾全大局

大阅兵前夕，主人命令猕猴上树拆喜鹊窝，猕猴有些犹豫，因为喜鹊是它的好朋友。鹊巢落成时，特地邀请猕猴一家去庆祝过。喜鹊甭提有多高兴了："我们有房，我们要成亲了！"现在喜鹊的两个孩子刚刚长大，却要拆了鹊巢，太残酷了。主人说："别婆婆妈妈的，要顾全大局！懂吗？"

猕猴无奈，只好慢慢吞吞爬上大树。喜鹊探出头来："猴哥，今天你的脸比屁股还要红，碰到什么难事了？别急，先来喝一杯'鹊'巢咖啡吧！"

"大难临头了，你还有心思开玩笑！我是奉命来拆你的鹊巢的！"

"我都听到了，那你就动手吧，别磨磨蹭蹭的了！"

"想不到喜鹊先生深明大义……"

"你家主人说，要顾全大局，我听懂了。"

敬酒不吃吃罚酒

猕猴奉命驱鸟，拆了不少鸟巢，鸟儿们不管有没有想通，反正都乖乖离开了，只有猫头鹰例外。

猕猴好说歹说讲了一番顾全大局的大道理，猫头鹰开一只眼闭一只眼，一副爱理不理的样子。哎，碰到钉子户了！猕猴只好出手了，谁知猫头鹰张牙舞爪扑过来，差点把猕猴的眼珠子都挖出来了。

猕猴狼狈不堪地败下阵来，主人说："好啊，猫头鹰偏要敬酒不吃吃罚酒，那就给它点厉害瞧瞧！"他放出猎鹰向猫头鹰飞去。

猫头鹰阴阳怪气地站在枝头，依然开一只眼闭一只眼，看看谁还敢来驱赶它。突然，一个黑影闪过。

"啊呀妈呀！是猎鹰！"不等猎鹰靠近，猫头鹰早就逃得无影无踪了。

漂亮得"一塌糊涂"

张三是新教师，口碑不佳，他去观摩特级教师李四的公开课：《林教头风雪山神庙》。

李四："高衙内设计陷害林教头，目的是想得到林妻，可想而知，林妻非常漂亮，哪位同学能用准确的词汇形容一下林妻有多漂亮？"

有的说用"国色天香"，有的说用"沉鱼落雁"，也有的说用"闭月羞花"……李四虽然也赞同，但他又补充说："物极必反嘛，还是用'漂亮得一塌糊涂'更生动啊！"教室里炸开了锅，都说李四老师太幽默了。

张三想，不就是幽默嘛，等我教到这一课，不妨也"幽"他一"默"。张三也先让学生抢答，最后自己说出最佳答案："林妻漂亮得一塌糊涂。"

教室里炸开了锅，都说张三老师莫名其妙。第二天，家长们闹到学校来投诉这个"一塌糊涂"的老师，不由分说，张三被轰走了。

同样的话，不同的人说，效果往往完全不同。

玻璃窗和红铁锤

动车组窗户旁边都有一只红铁锤相伴，像停歇着一只只红蜻蜓，非常可爱。日久生情，玻璃窗与红铁锤交上了朋友。

玻璃窗："小锤锤，看你整天无所事事的样子，虚度光阴太可惜了。"

红铁锤："玻玻姐，平安就好，别逼我出手啊！"

玻璃窗："唉，年纪轻轻的，干吗游手好闲的！"

正说话间，突然出车祸了，车厢翻到了，旅客呼天抢地、哭爹喊妈，红铁锤当机立断，把玻璃窗砸得片甲不留。人们爬出窗口，死里逃生，感谢红铁锤的救命之恩。

红铁锤哭了："玻玻姐，我的贡献是以你的粉身碎骨为代价的，太残酷了！"

第四辑

好马也吃回头草

好马也吃回头草

老马家族一年一度的"好马大赛"开始了，族长亲临指挥。

经过一轮又一轮的淘汰赛，最后只有小白和小黑两匹马进入决赛。

决赛比的是吃草。两匹马同时进入牧场，过秤后同时出发，一个钟头后再过秤，在同一时间内，看谁吃的草多谁就是冠军。

族长的发令枪响了，小白和小黑同时出发，它们一边前进一边吃草。

小白在"千里奔跑"环节，曾经比小黑略胜一筹，所以小白想利用这微弱的优势加快步伐，抢先吃到鲜草，争取夺冠。

小黑虽然稍稍落后，但它在细心观察比较，觉得长得最密、最长、最好和最嫩的草其实就在刚刚出发的那一片草地上，它向小白提议：还是吃回头草吧！

小白差点笑掉大牙："你真傻，这可是好马大赛啊，你懂不懂'好马不吃回头草'的古训？"

小白不再理睬小黑，它自信满满地只管快速前行、埋头吃草，似乎冠军志在必得。

而小黑呢，毅然回到原点，开始大口大口吃回头草。

到了规定时间，两匹好马再过秤，减去马匹自身的重量，小黑吃的草比小白足足多了一倍。

族长把冠军的金牌奖给小黑，感慨地说："好马也吃回头草啊！了不起，敢于挑战古训的孩子，祝贺你！"

伊索讲故事

伊索办了一所动物学校，天天给小动物们讲故事。

伊索开始讲课了：小朋友们，从前啊，有一只狡猾的动物……

小狐狸坐不住了，马上举手：伊索先生，您是不是又要说我们狐狸的坏话了？

伊索：不不，狐狸已经讲过了，今天想讲的是——猴子。

伊索以为猴子今天没有来上课，就临时拿猴子来说事。谁知猴子正躲在树上吃桃子，听见伊索要拿猴子编故事，就把刚咬了一口的桃子砸到伊索头上。伊索赶紧改口说："其实这狡猾的动物并不是猴子，也不是狐狸，而是一只熊。狗熊刚刚上了一趟厕所，伊索壮壮胆，就改说狗熊吧。正好狗熊回到座位，马上抗议：伊索先生，您不是说我们是笨狗熊吗，怎么又说我们狡猾啊？您是不是有病啊？

伊索：我、我……说的是北极熊，不是你们。

那也不行，北极熊是我们的远房亲戚，不许您随便说它的坏话。

伊索：其实，我也不想说北极熊，我对它不了解。我想说的

那只狡猾的动物是——伊索扫视了在座的小动物，谁都得罪不起，不过有一只最弱小的兔子老老实实在听课，伊索急中生智，连忙改口说：说实话，我要说的狡猾的家伙是兔子。

小兔子一听，眼睛哭得更红了：伊索先生，您以为兔子最好欺负是吗？我们又软弱又善良，谁都要欺负我们，连您这样敢于主持正义的寓言大师也不放过我们，我们更没有活路了……

小兔子背起书包就要回家。

伊索：别误会，别误会，兔子最善良，谁都清楚。正因为太善良，所以很容易受到伤害，兔子为了生存，必须自卫，"狡兔三窟"讲的就是这个道理。所以说，如果兔子不狡猾一点，早就灭绝了。

伊索连哄带劝把小兔子安顿好，他想：动物和人类都一样，喜欢听好话，所以这寓言故事是越来越难编了！

小狐狸改寓言

伊索走进动物课堂，又要讲故事了：小朋友们，大家都喜欢听好话，所以今天我就讲一只最聪明的动物……

"讲我，讲我！""我最聪明！""我的智商最高！"刹那间，所有的小手都举得高高的。伊索为难了，讲谁呢？他临时改变主意，说："今天要讲的对象不在教室里。"小朋友们失望地把手放下来。

伊索：今天要讲的是会飞的两只脚的动物。

"哦，是老鹰！"小朋友们猜测。

"不是老鹰，它是鸟类王国中智商最高的，是乌鸦！"

"啊？这个丑八怪！""黑鬼！"

伊索：别看它黑不溜秋的，智商可高了。有一次，狗狗叼了一块肉，三只乌鸦飞来，一只不停地啄狗狗的屁股，狗狗烦不胜烦，放下肉回过头来大骂：滚开，臭流氓！我要报警了！等狗狗转过身来时，另外两只乌鸦早把肉扛走了……

小狐狸有话要说：伊索先生，乌鸦骗了狗狗的肉，您说乌鸦智商高；而狐狸骗了乌鸦的肉，您却说狐狸狡猾，太不公平了嘛！

现在的小家伙难糊弄，几句话问得伊索张口结舌。

小狐狸得理不饶人：要么您该承认狐狸的智商比乌鸦高；如果您硬要说乌鸦的智商高，那么乌鸦的肉不应该是被狐狸骗走的，可能它自己不小心丢地上的。

伊索：有这种可能性……

小狐狸：请伊索先生把《乌鸦与狐狸》的故事改一改。

伊索：怎么改？

小狐狸：从前，有一只乌鸦叼了一块肉，肉又肥又滑，一不小心，"吧嗒"一声掉地上了，正好，一只狐狸走过，说："多好的一块肉，浪费了太可惜！"于是一口吞下了……

伊索：讲了一辈子寓言故事，难得有几篇经典的，照你这么一改，它还是寓言吗？

被桃子撑死的小伊索

伊索的学校还没关门，他就必须天天讲故事。

伊索说：寓言故事中有正面人物和反面人物，这样的故事才好听。

小狐狸最喜欢插话：伊索先生，正面的你就讲讲我婶婶花狐狸，她笑起来很迷人的；背面的你就讲讲猴屁股，红红的，很显眼……

猴子马上回击：小狐狸，你是不是欠揍？伊索先生没有说过背面，他是说反面人物和正面人物。反面人物非你们狐狸莫属，我们猴子当然是正面人物了。

伊索：今天故事的正面人物讲的是这棵老桃树。老桃树差不多一百岁了，还每年默默地汲取水分和养料，结出满树的水蜜桃，供大家分享。桃子成熟时，有个贪得无厌的家伙偷偷爬到树上，看看这颗、瞧瞧那颗，都舍不得放弃，他想独吞，拼命吃，拼命吃，最终就撑死了……

猴子：伊索先生，这个贪得无厌的家伙不会是猴子吧？

伊索：不会，不会。

狐狸：反正也不会是狐狸，我们有恐高症，不会爬到树上去。

小朋友们都纳闷了：咦，会爬树，会偷桃子的除了猴子还有谁呢？

小狐狸：伊索先生，别卖关子了，究竟谁偷吃桃子被撑死了？

伊索摸摸后脑勺，上回想拿猴子说事，被它的桃子砸了一下，至今还隐隐作痛。他记忆犹新，再不敢造次，支吾了半天，突然有了灵感，说：他是……他是……他是小伊索！

摔成肉酱的"真理"

有人做了一个梦，梦见自己其实是外星人。他把这一秘密告诉亲友们，却没有一个人相信。无奈之下，只好当场验证。他爬到悬崖上跳下去，快要落地时，身上神奇地长出了翅膀，他飞起来了。这时，所有人都哑口无言、口服心服了。

梦醒时分，他坚信自己就是外星人。见人就自我介绍，可人们都用异样的眼神看着他，有的甚至把他当成了疯子。

"我是外星人！"当他把这句话重复了一千遍之后，自己首先深信不疑了。

见证奇迹的时刻到了！他按照梦境的提示，不顾亲友们的再三劝阻，壮壮胆爬上悬崖。他想：我的梦一向灵验，即使有假也无关紧要，因为我已经重复了一千次，难道还不会变成真理吗？因此，他义无反顾地跳了下去。

地球的引力使他加速度往下坠落，接近地面时，却没有像梦境中那样长出翅膀来。他凄厉地惨叫了一声，"真理"摔成了肉酱。

自选活鸡

某景区农家乐新增了"自选活鸡"的项目。交同样数量的钱，可以任选一只活鸡，大小肥瘦悉听尊便。接连三天，来的顾客都是瘦人，所以选的都是最大最肥的鸡，他们希望吃了肥鸡更能多长肉。

鸡老大、老二、老三先后被抓走，老四自以为找到顾客选鸡的规律，便立即开始减肥。一是节食，二是运动。几天工夫，老四瘦了一圈，现在它的身段比谁都苗条，而且身手敏捷，甚至能飞到树杈上蹲着。所以最近顾客自选活鸡时，它都侥幸逃过劫难。

鸡老四自鸣得意，神采飞扬地站在树杈上介绍经验："朋友们，自选活鸡项目其实并不可怕，你们只要像我一样，坚持运动瘦身，绝对会平安无事的……"

话音刚落，鸡老四被网罩罩住了，原来有个胖子来自选活鸡。胖子说："我都胖成这样了，自然不敢再吃肥鸡，请帮我选一只最苗条最有活力的鸡。"胖子见树杈上蹲着一只鸡，看上去挺精神的，说："就那一只吧，又苗条又有活力，我喜欢！"因此，主人用网罩将它请下来了。

刚刚鸡老四还正在兴头上，不料现在双脚被捆绑起来，胖子倒提着它走了。

鸡老四想，原来话不能说绝了，凡事皆有例外啊！

白母鸡的悲剧

一群母鸡长年累月被关在狭小的空间里成了下蛋的机器，大家都是这样生活的，习惯成自然，没有一只鸡感到悲哀与不幸。

一场地震，一只白母鸡逃到山野的树林里。这里是一个露天鸡场，空气清新，风光无限，鸡们在这里自由嬉戏。白母鸡对比原先那个"监狱"，简直像进了天堂。

白母鸡在新鸡场生活了一段时间，感到满意极了。唯一迷惑不解的是，这里有一些长尾巴鸡不会下蛋，只会唱高调，还常常欺负母鸡。花母鸡听了哈哈大笑，说："长这么大了，你连这些基本常识都不懂，真可怜！告诉你，那些长尾巴鸡是大公鸡，它们会打鸣，还会骑到母鸡背上'踩蛋'。"

"干吗要'踩蛋'呀？我们在原先格子笼里天天下蛋，都用不着'踩蛋'的。"

"哦，你们那些蛋只能给人类食用，不能孵小鸡的。只有公鸡踩过的蛋才能孵出小鸡仔呢！"

"啊？原来如此！"白母鸡恍然大悟，说，"那我也要踩蛋，我也要孵小鸡仔，我也要当妈妈！"

从此，白母鸡天天去找大公鸡踩蛋。一共踩了10个蛋，白母鸡准备孵蛋了。它兴奋异常，一连几天都梦到做妈妈了。

谁知乐极生悲，原先的主人找上门来，把白母鸡要回去了。

尽管白母鸡大喊大叫、要死要活，但没有人理睬它。

它又被关到格子笼里，主人希望它重新变成下蛋的机器。一直被关在格子笼里的那些母鸡都在天天下蛋，习以为常，毫无怨言。可曾经找到过幸福的白母鸡却死活不答应，重新回到格子笼里，它一刻也呆不下去了。

有了对比，它念念不忘曾经自由自在的美好日子。它绝食、绝望，最终一头撞死了。

出墙的红杏

从前，有张姓和李姓两家大宅院，各自都有后花园。春光明媚的季节，后花园万紫千红，花枝招展。

花匠们精心护理，花树长势喜人，花枝向上攀爬，探头探脑，都想爬到墙外去。

张家花匠知道主人管教严厉，赶紧张开大网，把盛开的鲜花罩在园内，路人只闻花香，不见花儿开放；李家花匠竭力主张顺其自然，不想刻意限制花树的自由发展。因此，李家许多花枝渐渐攀上园墙，有一枝怒放的红杏甚至大大方方伸展到墙外去了。

出墙的红杏招来了蜂蝶的欢乐舞蹈，彰显了春光的无限魅力。行人驻足仰望，激情澎湃。有个叫叶绍翁的大诗人还写下一首新诗："应怜屐齿印苍苔，小叩柴扉久不开。满园春色关不住，一支红杏出墙来。"一时间，诗作到处传唱，出墙的红杏占尽了风光。

张宅主人知道后，立即让花匠撤了网罩，鼓励红杏赶快出墙。可惜红杏长期被网罩罩住，连腰都直不起来了。花匠日日扶持，天天催促，红杏终于爬出了墙外。但此时花期已过，红杏早已花老珠黄。既不见蜂蝶的翩翩舞姿，更没有游人的举头凝视。只见路人留下一首打油诗："非怜屐齿印苍台，未叩柴扉门自开。无可奈何春归去，红杏何故出墙来？"

金丝兔

兔国女王年迈时生了一只金丝兔，毛色金黄金黄的，煞是可爱。更加难能可贵的是她勤奋好学，多才多艺，歌舞书画，样样了得。女王爱如掌上明珠，整个王国的兔子都很喜欢她，大家都称呼它"贝贝公主"。

有一天，兔子王国发出警报："最近有大灰狼出没，兔国子民时有伤亡，小兔子们暂在洞穴躲避，不可轻易外出，以免遭遇不测。"

贝贝公主能歌善舞，活泼好动，躲在洞穴一天也憋不住了，它觉得自己有许多优势，狼一定舍不得吃它，而且紧急时只要发个信号，藏獒哥哥会挺身相救的，所以它壮壮胆便悄悄爬出洞去了。

它刚刚想舒展一下筋骨，不料果真有大灰狼跳出来拦住去路。贝贝公主连忙转身想回到洞中，谁知洞口早被大灰狼的弟弟堵住了。

贝贝公主想：我是人见人爱花见花开的公主啊，难道大灰狼真的忍心吃我吗？它试着问道："狼先生，你们不会忍心吃我吧？我可是非常罕见的金丝兔啊，我能歌善舞，聪明伶俐，是兔国最受欢迎的贝贝公主啊！"

"哇，原来是一只与众不同的宝贝兔啊！"狼说："难得，难得。"

贝贝公主以为狼先生会手下留情的，谁知狼话锋一转："不过对我们狼来说，金丝银丝没有区别，会不会歌舞都一样，聪明不聪明也不重要；只要能填饱肚子都会受到我们欢迎的！"

看来，狼毫无怜悯之心。现在唯一的办法就是向藏獒哥哥发求救信号了。

贝贝公主说："狼先生，就这样死了，我死不瞑目。你让我临死前唱一首歌吧！"

狼听了哈哈大笑："你是向臭藏獒发信号吧？上回山羊说最后唱一首歌，结果把臭藏獒唱来了，差点要了我们的命。现在你还用这一招，我们还会上当吗？"

"大哥，不必与它啰唆，早些动手吧，免得夜长梦多！"

于是，狼兄狼弟迫不及待地张开了血盆大口……

临终前，贝贝公主才懂得：对敌人的凶残和狡猾估计不足是致命的错误！

知了的歌唱梦

蝉的幼虫蝉猴在地底下生活了四五年，它一直在做着飞翔的梦。

有一天，蝉猴终于修成正果，它带着一身泥土钻出地面，爬到树干上，仰面朝天，从背面开裂的缝隙中苦苦挣扎出去。它喜形于色，因为它拥有了一对透明的翅膀，翅膀上还画着叶脉似的花纹。它美梦成真，已经学会了飞翔。

蝉猴在蜕变过程中，听到了蟋蟀和纺织娘的歌声，于是，它开始做第二个美梦：它也想成为歌手。它不住地喊着：我要唱歌！我要唱歌！

天使告诉它：“你想成为歌手必须历尽艰险，因为要安装音箱，不仅非常痛苦，而且多有风险，知道吗？”

答：“知了！”

天使：“如果你希望歌声嘹亮，技压群芳，就必须安装两只大音箱，所以你的心肺和肠胃都会被挤到很小的角落去，不能进食，只能吸食树汁，知道吗？”

蝉答：“知了！知了！”

天使：“一旦装上音箱，不得反悔，不得卸下，而且你只能有一个月的歌唱期限，然后就会寿终正寝，永远在世间消失了，知道吗？”

答："知了！知了！知了！"

天使见它如此坚定，就帮它圆了梦，这正是有志者事竟成啊！

世界上没有第二种昆虫为了歌唱，心甘情愿装上如此硕大的音箱，而把内脏挪到小小的一角。知了的决心和毅力在昆虫王国的声乐界传为佳话，也深深感动了评委和观众。所以，它在连续几届大赛中，当之无愧地蝉联冠军。

时不我待，知了分秒必争，引吭高歌，赢得了无数赞誉。历代文人墨客的咏蝉诗不少，聊引唐人虞世南的《蝉》作为本文的结尾吧：垂緌饮清露，流响出疏桐。居高声自远，非是藉秋风。

绝　唱

传说南美洲有一种珍稀鸟类，喜欢在荆棘丛中穿行，故而叫荆棘鸟，它的羽毛像燃烧的火焰一样灿烂美丽。

一天，它听到黄莺在树丛里啼唱、云雀在高空中鸣叫，悠扬的旋律久久回荡。荆棘鸟羡慕极了，它渴望自己也能成为歌唱家，而且一定要超过黄莺和云雀，它决心要唱出空前绝后的天籁之声。

从此，它天天吊嗓子，每当太阳刚刚冒出地面时，它便咿咿呀呀地喊嗓子，直到口吐鲜血，还不肯停歇。

天使深受感动，决心要帮助它。可是，天使知道，荆棘鸟要想唱出最优美的歌声，必须要付出生命的代价。荆棘鸟思之再三，毅然决然地说："只要能够圆我歌唱的梦，我宁愿放弃生命！"

天使告诉它，如果能在荆棘丛中找到那枚最长最尖的刺，把身体扎上去，立即放声歌唱，肯定能够成功。

荆棘鸟穿梭在荆棘丛中，苦苦寻找，终于找到那枚最长最尖的刺，它毫不犹豫地把身体深深扎进去，和着淋漓的鲜血，它唱出了世界上最令人震撼的天籁之声。云雀惊讶了，黄莺傻眼了，鸟类王国所有的歌者都深深陶醉了。百鸟采集百花做了一个最精致的花环，准备敬献给举世无双的歌唱家。

可是，当它们循着歌声找到荆棘鸟时，它刚好唱完最后一个音符，气绝身亡了，但它的嘴角还挂着圆梦后心满意足的甜甜的微笑……

顷刻之间，它那火焰般美丽的羽毛燃烧起来，点燃了荆棘，百鸟为它举行了隆重的葬礼。

熊熊烈火中，荆棘鸟醉人的旋律冉冉升起，悠悠飘向远方……

试 飞

鹰王国每年要举行盛大的小鹰试飞仪式，最先试飞成功的小鹰风光无限，将亲受鹰王的嘉奖。

鹰姐和鹰妹的孩子同一天出壳，一同成长。在即将试飞的小鹰中，它俩是出类拔萃的。大家都很看好这两个孩子，它俩夺冠的呼声很高。

鹰姐想：为了家族的荣誉，我的孩子一定要赶在鹰妹的孩子之前成功试飞。它雄心勃勃，带着孩子悄悄来到悬崖边练习飞行。孩子说："妈妈，我恐高……"鹰姐说："置之死地而后生！"它狠狠心，飞起一脚，把孩子踹下悬崖。

小鹰为了求生，拼命拍打双翅。快要升上悬崖时，因体力不支，又沉了下去。鹰姐大声为它加油，小鹰又升上来了，如此三番两次上上下下，折腾了许久，最终筋疲力尽，一头栽下山谷。鹰姐赶紧俯冲下去抢救。在小鹰即将撞击地面时，鹰姐奋不顾身地迅速用翅膀托住，但终究因为冲力过猛，母女俩双双受了重伤……

过了几天，它俩还在动物医院养伤时，鹰王国一年一度的试飞庆典开幕了。从电视直播中它俩看到了无与伦比的试飞仪式，最终，鹰妹的孩子蟾宫折桂，独领风骚。

鹰姐感叹道："孩子啊，妈妈急于求成，想使你早些夺得桂冠，结果事与愿违啊！"

母鸡的飞翔梦

母鸡小时候就听说鸡的祖先是飞翔高手，因此，它也有一个飞翔的梦。所以每天坚持练习，但最终没能飞上天空。后来，它的身体越来越胖，渐渐变成了下蛋的机器。它不甘心，就把希望寄托在孩子身上，说什么也要让孩子帮它圆梦。它想在孩子变成下蛋的机器前学会飞翔，否则死不瞑目。

它想：老鹰倒是创办了飞翔培训学校，它能够在高空盘旋，一定有飞翔的诀窍。但老鹰是猛禽，孩子跟了它，正好给它当点心。不行，我得悄悄去观察。

母鸡偷偷埋在草丛里。只见鹰妈妈领着孩子来到悬崖边，想作飞翔示范。它准备把小鹰推下去，小鹰死活不肯。鹰妈妈说："这叫置之死地而后生！"边说边狠心一脚把小鸡踹下悬崖。

小鹰急速往山谷坠落，快要落地时，它死命挣扎，最后重新飞回到悬崖上，它成功创造了奇迹！

"乖乖！"母鸡惊叹道，"原来，鹰家族还有这一手绝活，怪不得能够在高空自由飞翔！"

为了不错过时机，为了让小鸡早些圆梦，鸡妈妈迫不及待地把孩子领到悬崖边，准备把它推下去。小鸡死活不肯。鸡妈妈说："这叫置之死地而后生！"边说边狠心一脚把小鹰踹下

悬崖。

　　小鸡很快成了肉饼，只有凄厉的惨叫声还在山谷间久久回荡……

拯救小斑马

　　小斑马不小心陷入泥潭中，越挣扎陷得越深。母斑马嘱咐它千万别乱动，便急急忙忙去向大象伯伯求助。

　　公斑马想：大象伯伯在山下运木头，远水救不了近火。我看还是就近找犀牛兄弟帮忙吧。

　　犀牛兄弟正在大树底下闲聊，公斑马说：两位兄弟，帮我把孩子救上来好吗？它陷进泥潭里了。

　　"好啊，好啊，助人为乐嘛，愿意效劳！"犀牛哥爽快地边说边向小斑马奔去。

　　犀牛哥奋不顾身将脑袋插到烂泥里，用独角使劲把小斑马往上顶。小斑马陷得太深了，一时半会儿还顶不上来。犀牛哥招呼犀牛弟过来帮忙。犀牛弟二话没说，也把独角插到小斑马肚子底下，两兄弟一起使劲顶，痛得小斑马哭爹喊妈、死去活来。

　　公斑马安慰道："孩子啊，忍一忍，很快要成功了，等妈妈回来时，给它一个惊喜！"

　　正在这时，母斑马领着大象伯伯赶来了。

　　公斑马笑嘻嘻地说："等你们赶来，黄花菜都凉了！"

犀牛兄弟也自鸣得意地将小斑马高高举起："瞧，我们已经将小家伙救出来了！"

母斑马一看，大惊失色：小斑马肚子底下挂下一条"带子"，鲜血淋漓，啊，我的天！原来小斑马的肚子被犀牛的独角捅出几个大窟窿，肠子都流出来了。小斑马早已奄奄一息，连哭喊的力气都没有了。

大象伯伯连忙用长鼻子把小斑马卷起来，赶紧送卫生院抢救。

差点笨死的狗熊

狐狸曾经装死躺在公路上，运咸鱼的货车司机上了当，以为捡了个便宜，把"死狐狸"拎到车厢里。车子开动时，狐狸悄悄把咸鱼推下去，然后跳下车，捧着咸鱼满载而归。

狗熊依样画葫芦，也躺在公路上装死，它屡屡得手，洋洋得意。

后来有一次，狗熊看见一辆运水果的车子开过来了，它赶快涂上红药水，躺到公路中间，让小狗熊埋伏在草丛里接应。

车子越来越近了，不料这个司机就是曾经运输咸鱼的那一个，上回被狐狸装死上过当，丢了许多咸鱼，所以被老板解雇了，现在刚刚开始帮别人运水果。他见公路中央躺着一只"血淋淋"狗熊，知道又是装死的。他想：这家伙，你也想砸我的饭碗？我饶

不了你!

他拿起一根粗粗的木棍走近狗熊,故意大声说:"你这家伙也想装死,你骗不了我,看,眼睛还开着呢!"狗熊本来眼睛半开半闭,听了司机的话,赶紧把眼睛闭紧了。司机立即挥动木棍,狠狠朝狗熊的脑瓜砸下去。

狗熊感到一阵风刮过,赶紧睁开眼睛,一看:我的妈!太狠心了吧,真的往死里打啊?

狗熊一骨碌滚过去,木棍偏了,砸在它的大腿上,它一瘸一拐地逃走了。

隐身在草丛里的小狗熊本来以为今天有水果吃的,一个个都还挂着口水呢,谁知老爸差点送了老命!

狗熊说:快回家,咱们该收手了,多行不义必自毙啊!

考核天使

上帝要考核天使,他给天使甲、乙各一个馅饼,看谁的馅饼能救人一命。

天使甲在空中行走,她看见草地上躺着一个人,已经奄奄一息,嘴里不停地喊着:"馅饼——馅饼——"她想,这个人太可怜了,再不吃点东西,肯定活不了了。她赶紧把馅饼丢下去,希望救他一命。

上帝说:"这是一个懒汉,他在等馅饼,你满足了他的要求,他更加相信天上会掉馅饼，就会更懒，你这个馅饼是在养懒汉，会害了他的。果不其然，后来，懒汉天天躺在草地上等馅饼，不多久，他就饿死在草地上了。上帝说："你不仅不能得分，而且还要倒扣！"

现在，轮到天使乙出场了。她踏着彩云，飞行在高山上空。这时，山顶上有一对恋人正在大吵大闹。女孩觉得自己被男孩欺骗了，准备从悬崖上跳下去；如果女孩跳崖，男孩说他肯定也会跳崖。但这是一场误会，不值得双双殉情。男孩再三解释，苦苦哀求，甚至跪在地上，对天起誓。女孩还是不相信他，不过她说："你要我相信你，除非天上掉馅饼！"

天使乙一听，机会来了，赶紧把救命的馅饼丢下去。

这一对恋人正闹得不可开交时，"吧嗒"一声，天上果然掉馅饼了。男孩立即捡起馅饼，证明了自己的清白。女孩也不食言，终究相信了他。他俩冰释前嫌，手牵手下山去了。

上帝看到了，他说："事在人为，天使乙应该得满分。同样是一个馅饼，一个害了懒汉一命，一个救了两条人命！"

皮皮的陷阱

皮皮不喜欢数学，上数学课时，屁股老是扭来扭去。数学老师生气了，说："皮皮，下回上课，让你妈妈带双面胶来！"

"哎。"皮皮应得很痛快。

老师说："用双面胶把你的屁股粘在凳子上，省得你不安分！"全班哄堂大笑。

皮皮恨透了数学老师，他要报复。

第二天，他从家里抓了一把绿豆，准备上数学课前，悄悄撒在教室门口，让数学老师摔个四脚朝天，当场出丑。

上课预备铃响了，他最后一个进门，神不知鬼不觉地设下陷阱，只等老师中招。可老师迟迟没有出现，皮皮探出脑袋张望，正好看见数学老师急匆匆赶来。皮皮慌慌张张往后退，不小心踩到自己的陷阱，滑倒在地，脑袋重重撞在桌角上，挂彩了，痛得龇牙咧嘴的。

数学老师爱怜地抱起皮皮，一边为他包扎，一边安慰道："别哭，别哭！"

"没哭，没哭……"皮皮一边流泪，一边争辩。

他虽然在流泪，但不是哭的感觉。他心里暖暖的，鼻子酸酸的，惭愧地说："对不起啊，老师，我原本想……"

老师看看地上的绿豆，什么都明白了。用食指点着皮皮的鼻子说："你这小家伙，为别人设陷阱，中招的却是自己！"

不安分的蒲公英

按：前瞻网 2013 年 11 月 27 日讯，记者从首都儿科研究所获悉，蒲公英花种进入了一名 1 岁 4 个月的女童耳道，并开花生根。医生取出异物后，将其拉直长约 2 厘米。故有此寓言。

秋风吹过，蒲公英妈妈分发给每个孩子一把绒毛小阳伞。孩子们飘飘悠悠地飞起来了。

当哥哥姐姐们全部找到立足之地时，最小的那颗种子弟弟还在空中飘荡。

它飞进密林，环顾四周，只见到处都是参天大树，想："这儿的植被太茂密了，会挡住阳光的。"它继续前行，飞到了山顶上："哎，山顶上一片荒芜，土壤贫瘠，不适合生存。"它晃晃悠悠跌落山谷："啊！这儿太偏僻、太恐怖了，我怎么能在这个鬼地方扎根开花呢？"

它借着风力，再次起飞。飞过沼泽、飞过田野、飞过草地……可始终没有寻找到十全十美的地方。

时间在流逝，晚霞映红了半个天空。它飞到了小溪旁准备降落，但溪边花草众多，五彩缤纷，它怕自己开花时成不了主角。

种子弟弟继续飞行，它看到草地上停着一辆婴儿车，车上有个小女孩玩得正开心。它趴到小女孩耳朵边想跟她说几句悄悄话，小女孩感到耳孔痒痒的，便用手指去挖，种子弟弟赶紧往里钻，躲起来了。

种子弟弟很开心，这意外的遭遇使它找到了最合适的居住地。小女孩的耳朵里既温暖又安全，而且还有养料和湿度，于是，它开始生根发芽。

等到蒲公英的叶片钻出小女孩的耳孔时，孩子妈妈吓了一大跳。连忙把孩子送到急诊室，医生十分惊奇，还从来不曾见过这种怪事！医生小心翼翼地将小蒲公英连根拔了出来。

小女孩的妈妈气愤地说：山岗原野、天边地角，哪儿都有你的家，怎么偏偏要来到不该来的地方啊？

不甘寂寞的蚯蚓

春暖花开，芳香四溢。蜂蝶在花间翩翩起舞，尽情赞美艳丽无比的红玫瑰。

蚯蚓听了，闷闷不乐。它向根倾诉不平："我和你长年累月在暗无天日的泥土中默默耕耘、默默奉献，而受到赞美的只是鲜花，谁知道咱们付出了多少艰辛啊？"

根听了感到十分惊讶："孩子啊，咱们的岗位就在地下，只有在地下才能发挥最大的作用。咱们长年累月默默付出，难道不是为了鲜花灿烂绽放，为人间奉献缕缕芳香吗？"

蚯蚓不以为然，它想：母爱是无私的，鲜花是根的孩子，根可以为它们默默付出，而我蚯蚓与鲜花无亲无戚，何必凑这个热闹呢？

蚯蚓不甘寂寞，就使劲钻出地面来了。它努力扭动身体，希望有人能发现它。

可惜飞舞在花丛中的蜂蝶依然不住地赞美鲜花，压根儿没看见蚯蚓。蚯蚓努力爬到空旷一点的地方，让别人更容易发现它。它终于听到了脚步声和对话声。

"哇，好大的蚯蚓啊！""肯定活了许多年了！"蚯蚓终于听到赞美声了，但别人似乎并不知道它在地下的辛勤劳动，蚯蚓只好自我介绍："你们知道我在地底下做了多少好事吗？"

"这个不关我们的事。""我们只知道你是自己送上来的一顿美餐！"

"啊，你们是谁？"

"我们是大公鸡啊！"

"啊？"不甘寂寞的蚯蚓大惊失色，它想回到地下，可惜来不及了……

黑蚂蚁和黄蚂蚁

一只黑蚂蚁和一只黄蚂蚁在觅食途中相撞，黑蚂蚁闪了腰，黄蚂蚁伤了一条腿。

"黑鬼，去报丧啊？"

"你骂谁？谁是黑鬼？干吗出口伤人？你这病鬼！"

"谁是病鬼？你给我说清楚！"

"全身蜡黄，肝癌晚期了，去死吧！"

你一拳，我一脚，两只蚂蚁扭打起来。打了三个回合，不分胜负。

于是，两只蚂蚁都想去搬救兵。黑蚂蚁个头大，种群有一万来只；黄蚂蚁虽然个头小，但种群有两万来只，要是双方都倾巢而出，三万多只蚂蚁交战，必然是两败俱伤。

正当它俩决定返回蚁巢呼叫同伴时，来了一只知识最渊博、智商最高的"智蚁"。

智蚁说："看你们气喘吁吁的，先歇一歇，听我讲一讲地球的故事吧。"

两只蚂蚁果然停止打斗，听智蚁讲故事。智蚁说："听说几十亿年前，地球还是个很大很大的火球，它不断燃烧燃烧，表面渐渐冷却冷却，神不知鬼不觉地变化出亿亿万万种生物，其中就有咱们小小的蚂蚁，这难道不是奇迹吗？"

两只蚂蚁听了点点头："是啊，是啊，是奇迹。"

智蚁继续说："地球很大很大很大，蚂蚁很小很小很小。有两只小小的蚂蚁在大大的地球上爬啊爬的，竟然爬到了一起，这难道不是奇迹中的奇迹吗？"

"是啊，是啊，是奇迹中的奇迹。"两只蚂蚁再次点点头。

"这不仅是奇迹中的奇迹，而且是一种可望不可求的缘分哪！可是——"智蚁继续侃侃而谈，"有的蚂蚁竟然无视这种千载难逢的缘分，甚而至于大打出手……"

一番肺腑之言，说得两只蚂蚁羞红了脸。

黄蚂蚁惭愧地说："是……是我先出口伤人的，不好意思啊，黑珍珠！"

"什么，您是在称呼我吗？"黑蚂蚁受宠若惊。

"当然是您了，您全身乌黑发亮，黑珍珠的称号您当之无愧啊！"

"还从来不曾有谁这样称呼我，太谢谢您了，金蚂蚁！"

"什么？我是金蚂蚁吗？"

"那当然了，您全身金光闪闪，金蚂蚁的称号非您莫属啊！"

两只蚂蚁越说越激动，直到泪流满面。

智蚁的调解避免了两个蚂蚁种群全军覆没的大灾难，它觉得大功告成，准备离开。刚刚转身，谁知两只蚂蚁又扭打在一起了。

"怎么回事？"智蚁生气了，忙着去劝架，惹得两只蚂蚁哈哈大笑，其实它们是怕分手以后再也难以聚首，所以紧紧拥抱在一起，正在依依惜别，难分难舍呢。

"难 题"

研究生毕业前夕，老教授还要让他们做一道最基础的算术题："1+1=？"

研究生们咬破了笔杆，想啊、想啊，怎么也想不出 1+1=？半小时过去了，没有一个学生写出答案来。老教授说："如果实在想不出来，也可以互相讨论。"

于是，考场里炸开了锅。

研究生们都快要毕业了，难道教授会让他们计算 1+1=2 么？当然不可能。这道题肯定另有玄机，莫测高深。

突然有个男生似乎发现了新大陆，大声嚷起来："哦，原来 1+1 的答案是丰富多彩的，可以是 2，可以是 3、4、5……也可以是 1，或者是 0。"

全班同学都听得一头雾水，愣愣地看着他。他自鸣得意地解释道："比如说，1 个男人加 1 个女人，那就等于 2；如果生了孩子，那就等于 3；如果生的是双胞或三胞胎，那就等于 4 或 5……再比如一条大鱼加一条小鱼，那就等于 2；如果大鱼吃了小鱼，那么，1+1 还是等于 1；如果大鱼不是很大，小鱼不是很小，那么大鱼吃了小鱼有可能会被撑死了，在这种情况下，1+1 就等于 0 啰。"

一番奇谈怪论，引爆了一阵哄笑，老教授狡黠地摇摇头。

研究生们苦思冥想，直到傍晚时分，还是想不出该如何解这道难题。

幼儿园的小朋友放学了，老教授的小孙女来看望爷爷，看见大哥哥大姐姐被爷爷考住了，觉得很奇怪。便端了张凳子爬上去，用粉笔歪歪扭扭地写了个大大的"2"字。

老教授说："对了，就是'2'啊，做学问就要踏踏实实、实事求是，何必非要把最简单的事情想得那么复杂啊！"

想自杀的小蚂蚁

蚂蚁们正在蚁穴里聚会，突然感到地动山摇，以为地震了，一只小蚂蚁爬出洞穴一看，原来是大象迎面走来。这个庞然大物真是威风，一脚踩下去，留下一个大窟窿。一对弯弯的象牙特别显眼。

小蚂蚁惊呆了，它想：我不想活了，我们小蚂蚁无声无息地活在世上，有什么意义？还不如死了算了！下辈子投胎做大象去！

小蚂蚁想自杀。它爬上一座大厦，爬得越高越好。要不摔个半死不活的，就会更惨。它爬呀爬，终于爬到30多层高房顶了，应该差不多了吧？

小蚂蚁闭上眼睛，跳了下来。晃晃悠悠、飘飘荡荡，大半天才落到地面。它以为进了地狱了，可睁开眼睛一看，只见阳光灿烂，

而且还围着许多人呢。

一打听，原来，刚刚那只大象因为争夺地盘，被另一只大象从高坡上撞下来，死了。

死了？乖乖，这么高的地方跌下来就死了？我从大厦顶上跳下来却还活的好好的呀！

哎，我干吗要自杀啊？投胎做大象有什么好的？哼，现在改变主意还来得及！

小蚂蚁想着，高高兴兴回家去了。

断尾鼠的报复

在全民除四害的年代，张三灭鼠的本事名闻遐迩。

他投放的捕鼠夹没有一只老鼠不上当的，他培育的捕鼠猫没有一只不出类拔萃的。

有一天，一只母老鼠被捕鼠夹夹住了尾巴，等张三闻讯赶到时，母鼠已咬断尾巴准备逃跑。

这时，张三驯养的捕鼠猫拦住了去路。惊魂未定的断尾鼠绝望了，以为死期已到。不料，张三心生怜悯，他想：灭鼠是凭老鼠尾巴计分的，母鼠既然已将尾巴留下，再抓住它并无多大意义，而且断尾鼠也怪可怜的，就网开一面，放它一条生路吧。

老猫却不肯罢休，还想扑上去，但被主人赶走了。

死里逃生的断尾鼠对老猫恨之入骨，老猫也虎视眈眈，不想放过它。

一天，断尾鼠刚刚爬出洞口，恭候多时的老猫立即猛扑过去。断尾鼠急中生智，索性四脚朝天躺着装死。

老猫哈哈大笑道："这断尾鼠太可爱了，你这点鬼把戏能骗得了我老猫吗？"它扑上去，正想一口咬下，谁知断尾鼠一个腾跃，死死咬住老猫的喉管，老猫还来不及喊出声来便呜呼哀哉了。

主人悔之已晚，深深自责：唉，对敌人的仁慈就是对自己人的残忍啊！

百慕大奇遇

小男孩期末考考砸了，战战兢兢回到家里。

别的孩子犯了错会招来老爸老妈的"男女混合双打"，小男孩只有老妈的"女子单打"，老爸视他如掌上明珠，哪舍得动他一根毫毛。于是小男孩一进门便钻进老爸的书房避难，不巧的是老爸今天不在书房。

哦，想起来了：老爸今天筹款去了，听说要500万元！天哪，什么破玩意儿，值那么多钱？咦，不就是这个破花瓶么？小男孩一眼瞥见了书架顶端的那个青花瓷器，他垫上方凳，想取下来看个究竟。

"哐啷"一声，花瓶碎了，啊，500万哪！500万碎了！这可如何得了！小男孩浑身发抖。

他再也不怕考试考砸的事了，至多翘起屁股让老妈打个够，自己的孩子还能往死里打啊！比起那 500 万，老妈的打骂算得了什么？打碎青花瓷器才是非同小可的弥天大祸呢。

小男孩不敢往下想，先逃出家门，请高人指点迷津。

有长者告诉他：两害权衡取其轻。家里一下子损失了 500 万，肯定非常伤心，如果此时突然又失去了独养儿子，相比之下，那 500 万又算得了什么。所以唯一解救的办法是先离家出走，等老爸老妈寻遍了天涯海角你再回去，给他们一个惊喜，这样，期末考试和青花瓷器等等不愉快的事便都不值一提了。

小男孩觉得有理，偷偷躲进一艘外轮出海了。

外轮驶进百慕大三角时，突然消失了，过了一会儿，这艘失踪的船只从一个遥远的海域神秘地冒了出来。仿佛只是瞬间，船上的人却全都苍老了十来岁。这种现象历史上曾有记载，这回奇事再次发生，正好让小男孩赶上了。有人猜测航船驶进了前行的时光隧道。不管是怎么一回事，反正小男孩哭着闹着要回家。

老爸老妈正在四处张贴"寻人启事"，启事上言词恳切：孩子啊，回来吧！不管你考试成绩有多烂，不管你打碎了多么宝贵的国宝，爸爸妈妈都不会责怪你的……"

昔日调皮的小男孩回来了，老爸老妈闹不清孩子怎么会一下子变成了个懂事的青年人。不管怎么说，总算是一家人欢天喜地团聚了。

神　犬

初夏之夜，天气异样闷热。直到深夜，人们才开始沉沉入睡。

这时，一只家犬凄厉地号叫起来，那如泣如诉的叫声令人毛骨悚然。主人赶紧起床，披衣开门。家犬立即闯进门来，一口咬住主人衣袖，使劲往外拽。

主人警觉起来。这是少数民族聚居的区域，历来又是地震多发地带。主人闻到井水冒出浓烈的臭气，看到天边频频闪光，种种奇异的现象和家犬的反常行为告诉他灾难即将来临。他赶紧牵着爱犬大声疾呼："地震啰，快醒醒啊——"家犬也一路厉声地号啕起来。

沉睡的人们醒来了，纷纷走出房门。正在这时，天旋地转，一排排房屋垮塌了，所幸没有村民伤亡。

人们感激救命的犬，把它当作神灵一样供奉在寺庙中。免去"神犬"看家护院的重任，每天大鱼大肉伺候，还有许多人向它敬香跪拜。"神犬"从来不曾享受过如此待遇，真让它感到受宠若惊、措手不及。

渐渐地，"神犬"过惯了这种养尊处优的生活，可偏偏人们忙于重建家园，慢慢淡忘了它。入冬以来，虔诚来敬香跪拜的人越来越少了。"神犬"耐不住寂寞，为了唤起人们的记忆，"神犬"再次凄厉地号叫起来。人们以为又要地震了，

纷纷逃到野外。可一直等到天亮，什么事都没有发生。一连三夜如此重复，人们在冰天雪地里瑟瑟发抖，都以为这"神犬"疯了。于是有人特制了一根铁链将它锁住，再用网袋将它的嘴巴也罩住了。

终于有一天，地壳岩层碰撞移位，新的地震即将来临。"神犬"已经明明白白地感觉到了，这次地震肯定比上次要厉害得多。神犬想报警，可身子不得自由，声音又被网罩困住了。它用尽全力挣扎，却始终没有成功。当所有村民还沉醉在梦乡之中时，灾难终于发生了。整个村庄在特大地震中沉没了，所有村人遭难，无一幸免，当然也包括那条曾经立过大功的"神犬"。

"神犬"临终时想：都是虚荣心惹的祸，要是我能耐得住寂寞，不仅又有了立功的机会，而且也不用赔上这条狗命了！

人们临终时想：要是多一分宽容就好了。如果给犯错的"神犬"留一点余地，其实就是为自己多留一条生路啊！

桃花岛

唐僧师徒西天取经归来，欲筹建西游纪念馆，以供后人瞻仰。唐僧派遣八戒与沙僧先去化缘筹资。

八戒与沙僧驾起祥云悠悠前行，不觉来到了一个桃花盛开的海岛。抬头望去，只见悬崖上刻着"桃花岛度假村"六个金色大字。八戒找了一家豪华旅店，二人一同住下。

刚歇下，电话铃声接连不断："先生，要陪你玩玩吗？""先生，想放松放松筋骨吗？我们提供一流的按摩服务。""先生，……"娇滴滴的女声听得八戒骨头都酥了，但碍于有沙僧作伴，不敢轻举妄动。

一会儿，房门底下缝隙处塞进一张小报。小报显眼处有一幅"富婆借种"的广告，广告栏附一张玉照。玉照上的富"婆"其实只是徐娘半老，风韵犹存。八戒再看广告语，原来是天上掉馅饼的大好事：富婆家财数亿，只因丈夫先天不育，觅身强体壮者，借种生子，传承香火。一夜风流首付美金30万，如怀孕再付60万，若生男孩再付120万。

八戒忍不住口水都挂下来了。他想：不是我好色，出家人慈悲为怀，帮人传承香火，胜造七级浮屠啊！而且免去我等化缘筹资的劳苦。我八戒身强力壮，符合条件，要是顺利，一次性可以获得210万美金，何乐而不为呢！

趁沙师弟熟睡之机，八戒悄悄拨通电话，对方满心喜悦，说最喜欢像八戒这种类型的男人，嘴巴大有口福，耳朵大最听话，肚子大福气大，眼睛眯成一条缝，看起来特别迷人，借种就要借这样的种。因此想立即提前将30万美金打过来。八戒一听，从心里爽到肺里。但对方说为了表示诚意，八戒必须先交3千元诚信费。八戒立即从沙僧的包裹中取出3千元现金，急速打到对方提供的账号上。对方收款后让八戒再交5万元所得税，然后可以提款了。八戒交钱后，催促对方汇款。富婆发话，她正赶往机场，明日即可到达桃花岛与君一夜风流，巨款当面交清，给君一个惊喜！八戒快活得差点晕倒。一夜辗转难眠，

熬到第二天，接到陌生女人的紧急电话，说富婆巨款被人抢劫，搏斗中遭受重伤，昏迷不醒，正送医院抢救，急需预交2万元现金，云云。

八戒大梦初醒，才知道自己踩进了无底的陷阱，但为时已晚，在沙僧身边的盘缠早已被他打了水漂。自知逃不了重罚，于是只好与沙僧同返，欲向师父请罪。

悟空奸笑着迎上来："好你个八戒，历尽西行苦难，想不到依然如此风流！真是艳福不浅，在桃花岛撞上桃花运啦！师弟，你以为天上真的会掉馅饼吗？你一是贪色、二是贪财，终于掉进我的桃花陷阱之中了！"

"啊？原来是你……"八戒又羞又急。

"我奉师父之命特意试探的。不过不光是你，三天之内，我这个'富婆'接到的电话不下三千呢！"

栗子和树妈妈

秋天到了，栗子树上的栗子包了一件绿刺衣，很像绿色的小刺猬。栗子们想，我们长大了，应该懂得孝敬妈妈了。

这时，一只野猪在树妈妈身上蹭痒痒，有一颗栗子看到了，它很生气，立即奋不顾身从树梢跳下去，砸在野猪头上。开始时野猪被吓了一跳，可它盯着栗子看了看，闻了闻，流出口水来，就试着咬了一口，嗯，好吃！野猪仰起头一看，哇，满树都是栗子！野猪使劲撞击树干，却不见再有栗子落下来。野猪索性啃起树干来。要是树干啃断了，大树倒下来，就有吃不完的栗子了。

树妈妈受到伤害，快要倒下了，栗子们焦急万分，一起从树梢跳下去砸野猪，想赶走野猪。谁知正中野猪的下怀：哈哈，这么多栗子，独自怎么吃得完呢？好，快把所有孩子都叫来，大饱口福！

树妈妈非常担忧，可又无能为力，她急得哭了。哭声惊动了山神爷。

山神爷被它们母子的深情所感动，就将所有栗子合在一起，制作成一只大棕熊。

等到一群野猪兴冲冲赶过来想吃栗子时，满地的栗子早已无影无踪了，只有一只强壮的大棕熊守在大树旁边，棕熊张开血盆大口，吓得野猪们远远躲开了。

栗子变成的棕熊日夜守在树妈妈身边，直到冬眠时也不肯离开，树妈妈飘下许多落叶，为它遮风挡雨……

小骡寻亲

大草原上有一只骡，它看见小斑马在孝敬老斑马，也想去孝敬自己的父母。可惜，它不知道自己的父母是谁。于是，骡走上了"寻亲之路"。

它看到了一匹老态龙钟的公马。骡问："马伯伯，您见过我的爸爸妈妈吗？"公马虽然老眼昏花，但还是看出骡有点像驴。就说："你可以去问问驴阿姨。"

骡找到了驴，问："驴阿姨，您见过我的爸爸妈妈吗？"驴说："没有，你可以去问问那只千年老龟，它学识最渊博。"

骡找到了千年老龟，问："龟爷爷，您知道我的爸爸妈妈是谁吗？"老龟思索了一会儿，说："骡，是马跟驴婚配的后代，你的爸爸妈妈肯定是马和驴。噢，对了，我想起来了，曾经有一对马和驴，它们走丢过一只骡宝宝，你的样子长得与它们像极了！""真的吗？龟爷爷快带我去认亲吧！""嗯，好。不过，那匹驴已经去世了，那匹公马也已经很老很老了呢！"

等老龟帮它找到老公马时，骡惊喜地发现，这就是刚刚碰到过的那匹老态龙钟的公马，原来它正是自己的爸爸！

从此，老公马在生命的最后日子里，始终都有唯一的亲人骡陪伴在身边。

机器人找爸爸

有一个可爱的机器人。一天，他正走在街上，看到一位小朋友扶着年迈的奶奶过马路，其他人看见了，也纷纷赶来帮忙。机器人十分感动。

他想：人类真有孝心啊，连这么小的孩子都懂得孝敬老奶奶。我也应该去孝敬我的爸爸妈妈了，可是，我的爸爸妈妈在哪儿呢？

于是，他就寻找自己的父母。他找到一个机器人，说起寻亲的事。这个机器人却讥笑他："你傻了吧，我们怎么可能有爸爸妈妈呀？我们可是机器呢！你就别异想天开了吧！"可机器人依旧不放弃，他还是在苦苦寻找自己的爸爸妈妈。

有一天，一位老机器人说："孩子，咱们的父母应该是科学家呀！"

他恍然大悟。

经过几番周折，他终于打听到创造出他的那位科学家。可惜那位科学家年事已高，行动迟缓了。于是机器人就一直陪伴在那位科学家身边，一直孝敬那位科学家，直到他悄然离世。

大树和老人

森林里有一棵特别可怜的小树，它周边都是高大粗壮的大树，遮天蔽日，很少有阳光照到小树身上，小树冷得直哆嗦。大树们仰着头只顾自己往上长，连正眼都不瞧一下小树。

夏天，森林里非常干渴，好不容易下了一场大雨，大树们你抢我夺，一丝丝水分都没有留给小树。小树得不到阳光的爱抚和雨露的滋润，病恹恹的，快要支撑不住了。

这时，来了护林员，他赶紧把小树移栽到开阔地上，精心呵护，

小树很快有了转机。

每天，护林员为小树讲许多有趣的故事，逗它开心，他把小树当作自己的孩子；小树摇摇身子，说不尽珍藏在心底的感激之情，它把护林员当成了自己的再生父母。

欢快的日子悄悄溜走了，天长日久，小树长成了参天大树，而护林员已经是白发苍苍的老人了。

大树飘下叶子，排成一行字：请把我砍下，做一张躺椅，让您歇一歇！

护林员感动得流下热泪，但他怎么下得了手啊，他连连摇头。

攀援在大树上的常青藤感动了，它想出了两全其美的办法：它爬到另一棵大树上，把藤条拉紧了，做了一张吊床，让护林员躺在吊床上歇歇脚。

护林员开开心心地躺在吊床上，为常青藤和孝心树唱起森林中最美最美的歌谣……

夜半歌声

小猫咪咪在女主人家生活了许多年，后来，女主人去世了，只留下可怜的小主人。小主人好孤独，晚上，不再有妈妈陪他说话、为他唱歌、替他盖被子，他想念妈妈，整夜整夜哇哇大哭。人们都讨厌他，连保姆也嫌弃他，只有小猫咪咪很同情。

咪咪想起女主人生前十分疼爱自己，现在女主人走了，它应该照顾好小主人，为它献爱心。

它跳到小主人身边，想为它唱支歌。可是，它只是一只猫，它唱得像哭一样难听，小主人哭得更厉害了。咪咪很无奈，谁叫它只是一只猫啊！

碰巧，天使从窗前飘过，咪咪哀求天使让它变成人，以便照顾小主人。天使想了想，说："你想变人？我的功力还不够，不过，我可以让你变成一只鸟！"天使挥挥手，咪咪便变成了一只绿头鹦鹉。

咪咪变成的鹦鹉立即飞到小主人身边，像女主人那样照顾小主人。

那天晚上，人们都很疑惑，平时，一到夜晚，准会听到小男孩的哭声，为什么今天晚上如此安静？

保姆来到小主人房间，她惊呆了：小主人香香甜甜地进入了梦乡，旁边站着一只绿头鹦鹉，鹦鹉深情地说着悄悄话，还轻轻地唱着悠扬的催眠曲……

第五辑
普雅花开

❧ 普雅花开 ❧

世界上有一种神奇的花，叫做普雅花。它们生长在南美洲安第斯高原上，海拔 4000 多米，终年人迹罕至。

与普雅花相依相伴的只有一个硕大的蚁穴，一代又一代的蚂蚁在这里繁衍，它们从未见过普雅花开放。蚂蚁们问过爷爷，爷爷说，它也曾经问过它的爷爷……爷爷的爷爷的爷爷都没有见过普雅花开放。于是，蚂蚁们得出结论：普雅花徒有虚名，根本不会开放！

小蚂蚁发现了这一秘密，天天去讥讽、挖苦甚至谩骂普雅花。一代代小蚂蚁死去了，而普雅花却毫发无损，它默默无语地在骂声中积聚能量。

终于到了一个不平常的日子，一群小蚂蚁爬上普雅花，正想谩骂时，却发现普雅花竟然轰轰烈烈地绽放了！

哇！普雅花开放时竟然如此惊天动地，如此灿烂绚丽，简直令所有鲜花都黯然失色了。

蚂蚁们羞愧得无地自容，蚂蚁家族讽刺谩骂了多少代的普雅花原来是世界上最独特最神奇的花！面对着无休无止铺天盖地的谩骂，它毫不在乎！蚂蚁们向普雅花深深致歉。

普雅花坦然笑道：没关系，我一直无暇顾及别人的谩骂，因为我需要累积能量，整整一百年的努力，就是为了如今这 2 个月的花期啊！

蚂蚁们听了，佩服得五体投地！普雅花耐得住寂寞，经得起委屈，这种品格，世上少有。蚁王率领全体蚁民，要为普雅花召开最盛大的庆祝会。

普雅花淡然叹道：惭愧！比起胡杨大哥，我们普雅花算什么呀？胡杨大哥"活着千年不死，死了千年不倒，倒下千年不朽"。胡杨大哥耐得住干旱，经得起酷热，它默默无闻地扎根在沙漠，作出了多大的奉献！可它从来不曾炫耀过，更何况是我们啊！

是的，真正的强者不需要自吹自擂、自我炫耀的啊！

瘸蝉与帝王蛾

朝霞冉冉升起，霞光映照的大森林里飞起一只气概非凡的帝王蛾。它尽情舒展硕大的双翅，逍遥自在地在林间飞行。

隐约之中，它听到伤心欲绝的抽泣声。循声飞去，原来是一只昆虫趴在树上哭泣。

"喂，您是谁啊？"帝王蛾好奇地问。

"我是一只残疾知了，就是寓言大家凡夫先生笔下的那只瘸蝉！"

"瘸蝉？"帝王蛾更加好奇了。

"我们的童年是在暗无天日的地下度过的，"瘸蝉说，"成熟后，才钻出地面，开始'金蝉脱壳'。"

"金蝉脱壳？"帝王蛾打破沙锅问到底。

"金蝉脱壳是一个非常痛苦的过程，"瘸蝉继续诉说，"先用后肢抓住树皮，身体后仰，后背裂开一条缝，我们慢慢将身子从这狭长的裂缝中挤出去……"

"哦，想不到你们也要经历如此艰难的蜕变过程！"帝王蛾感叹道。

"是啊，这是别人无法代替的成长过程。可惜好心人不懂这个道理，偏偏在关键时刻帮我剥开蝉衣，让我轻轻松松脱胎换骨了。"瘸蝉苦笑道："好心人剥开蝉衣的同时也剥夺了我飞翔的权利。因为缺少了蜕变时痛苦挣扎的过程，我的翅膀再也打不开了，腿也瘸了，就成了现在这副怪模怪样。我生不如死啊，救救我吧！"

"唉，真是天大的不幸！"帝王蛾长长叹了一口气，"不瞒您说，我们帝王蛾家族也刚刚经历了一场类似的劫难，回想起来，还心有余悸呢！"

"哦，你们也有类似的劫难？"瘸蝉目瞪口呆。

"是的，我们帝王蛾的幼虫时期是在一个洞口极其狭小的茧中度过的。羽化后，必须拼尽全力才可以破茧而出。狭小的茧洞是个鬼门关，穿越时，必须用力挤压，血液才能顺利送到蛾翼的组织中去。只有两翼充血，我们才能成为真正的帝王蛾。"帝王蛾边说边自豪地拍动几十厘米长的翅翼，令瘸蝉羡慕不已。

停顿片刻，帝王蛾语气沉重起来："但在穿越过程中，不少兄弟姐妹都了下地狱。因为有好心人见了，忙把所有茧子的洞口都剪开，让幼虫不费吹灰之力就能钻出牢笼。可惜，所有得到救助的亲人们成了有名无实的帝王蛾。它们丢失了飞翔能力，只能拖着双翅在地上笨拙地爬行！结果全成了大公鸡的美餐……"帝王蛾泣不成声了。

"哦，原来，你们也遇到了'好心人'？太不幸了！"

"我是幸存者，因为我的茧被树叶遮住了，好心人没有发现，所以才逃过了灭顶之灾。一想起我那冤死的亲人，我欲哭无泪啊！可怜的瘸蝉，我十分理解和同情您的不幸遭遇，但我确实无能为力啊，您好自为之吧！"

瘸蝉无助地目送帝王蛾渐飞渐远……

这个故事对于大家、尤其是为人父母者应当有所启迪：成长必须亲历苦难，溺爱和包办代替往往会毁了孩子的一生啊！

草原之王——尖茅草

非洲大草原上有一种尖茅草，被人们称之为草原之王。

其实，尖茅草刚刚冒出地面时，不仅稀稀落落很不显眼，而且整整半年，几乎感觉不到它在生长。尖茅草生长的地域毫无生机，一副可怜兮兮的样子。

狮子正在追捕斑马，经过尖茅草的地盘，竟然光秃秃的毫无遮挡，它还没靠近猎物，自己先暴露无遗，斑马逃之夭夭，狮子无获而返。狮子埋怨尖茅草占着地盘不长高。

羚羊被猎豹追杀时，诅咒尖茅草老不生长，一片开阔地，无处可以藏身。羚羊临死前没有忘记狠狠踢了它几脚。

对于那些埋怨和诅咒，尖茅草默默忍受，把它们当做一种鞭策。它已经做好最后冲刺的一切准备，只是苦苦等待着一场暴雨

从天而降。

终于，一场疾风暴雨铺天盖地呼啸而来，尖茅草趁机"蹭蹭蹭"蓬蓬勃勃往上蹿，密密麻麻连成一片。我的天，尖茅草生长的速度令人惊叹！它平均每天疯长50多厘米！只三、四天功夫，尖茅草已经长两米多高了！似乎一眨眼之间，天外飞来一片绿洲！

这是一大奇迹！尖茅草无可争辩地成了草原之王！

狮子和猎豹们全都惊呆了：原来，尖茅草还有这一绝活，为什么不早些露一手呢？这大半年你干什么去了？怎么老不生长？

尖茅草笑道："其实，我一直在生长，只是生长的方式和角度不同罢了。"

"怎么讲？"狮子和猎豹追问道。

"这大半年，我努力向下扎根，半年之中，我的根系伸展了近30米。"尖茅草自豪地说，"有了大半年时间向下扎根的坚实基础，才会有今天向上蹿高的雄厚力量啊！"

猎豹的放弃

猎豹是陆地上奔跑速度最快的动物，时速可达120多千米，相当于人类短跑世界冠军的三倍快。

有一天，猎豹妈妈带着两个孩子去捕猎。

一只瞪羚正在远处吃草。猎豹妈妈把孩子安顿好，匍匐前进，渐渐靠近猎物，还差20多米时，瞪羚警觉起来，拔腿就跑，猎豹飞身跃起，紧追不舍。

虽然瞪羚也是奔跑高手，但时速只有 90 多千米，远远不是猎豹的对手。不过瞪羚也有自己的绝招：等猎豹快要追上时，突然一个急转弯，又侥幸脱逃了；或者，它忽东忽西做锯齿形奔跑。猎豹不得不跟在瞪羚屁股后面跳"迪斯科"。今天，猎豹妈妈下定决心，无论如何要抓住猎物，给孩子们作示范。

不过瞪羚也不是省油的灯，它忽东忽西跳跃着，迫使猎豹不断改变方向，因此猎豹速度的优势难以充分发挥。但是，猎豹妈妈既然作了决定，就会有足够的毅力捕获猎物。它不断发力，纵身跃起，猛扑过去，就在这千钧一发之际，敏捷的瞪羚突然转身往回跑，从猎豹妈妈的眼皮底下逃脱了。猎豹妈妈用钢鞭似的尾巴作平衡，立马转身，使出吃奶的力气疯狂追逐。逼近猎物时，它再一次纵身跃起，猛扑上去，但只撕下瞪羚屁股上的一簇毛。瞪羚摔倒在地，来不及多想，立即挣扎起来，迅速逃跑。

两只小猎豹惊呆了，想不到妈妈捕猎如此惊心动魄。它们为妈妈加油，那只瞪羚很明显已经乏力，而且后腿也受了伤，只要妈妈再加快速度，肯定成功了。可妈妈却当机立断，决定放弃，眼睁睁看着瞪羚远去。

两个孩子特别感到不解的是，已经追逐了几百米，眼看即将成功时，怎么又舍得突然放弃？

妈妈缓过气来说：因为猎豹快速奔跑时，自身也在经受最严峻的考验。高速度、高能耗、自然就有高风险。猎豹虽然爆发力强，但心脏较小，长跑会使体温急剧上升。体内积聚的大量热能如果不能及时排出，就会虚脱昏迷，就会被活活"烧"死。所以猎豹在捕猎时，首先必须学会放弃，放弃是一门艺术，更是一种自我保护的大智慧！

"那不是前功尽弃了吗？"孩子们不甘心让到嘴的美味白白飞走。

"是的，有所失才能有所得。"猎豹妈妈娓娓道来，"如果五次失败能换来一次胜利，那就是成功啊！"

谁的恶作剧

从前，有一个善良的老农，每天清晨都会打开后门，去管理菜园。

有一天，老农打开后门时，只见门口放着几条蛇。不知是谁开的玩笑，他也没有在意。可是，一连三天，天天如此，特别是第三天，一开门，竟然有三条血淋淋的毒蛇，有一条还张着嘴巴。谁的恶作剧？

老农心地善良，左邻右舍关系融洽，究竟得罪了谁，竟然接二连三来吓唬这样一个老好人！

老农受到惊吓，病倒了。

老农的儿子很生气，决心要查到元凶，为老爹报仇。当天晚上，他悄悄在后门口撒上细沙，第二天早晨，只见细沙上又放了几条死蛇。但没有留下人的脚印，只有一些动物爪子的痕迹。老农的儿子等天黑时偷偷布下了捕兽笼，终于逮住了一只成年獴。

獴是蛇的天敌，体内有抗毒素，所以不怕毒蛇。獴碰见毒蛇，会非常小心地寻找进攻机会，出其不意地一下咬住毒蛇的脖颈而取得胜利。

"这家伙，自己不怕毒蛇，就用毒蛇来吓唬老爹！"老爹的儿子说道，"今天终于落入'法网'，我要扒了你的皮！"

儿子把抓到元凶的好消息告诉老爹时，老爹傻眼了：几天前，他在后园听到一种动物凄厉的叫声，走近一看，原来是獴的孩子被围墙上滚落的大石头压住了，獴妈妈怎么也搬不开，老农伸出援手，救助了獴的孩子……这件事才过了几天，獴妈妈怎么可以忘恩负义、恩将仇报呢？

老农的孩子越听越生气，想要扒了獴的皮。

"慢！"老农挣扎起来说，"肯定是我们错怪它了！赶紧放它回家！獴是在用自己特有的方式感恩啊。獴吃毒蛇比咱们吃烤羊肉串更有滋味，对于獴来说，这是最贵重的礼物了！"

老农的话使儿子恍然大悟，獴差点蒙受不白之冤。

其实有时候，人们之间的矛盾只是缘于误解，缺乏沟通啊！

网络大 V 黑寡妇

黑寡妇是一种毒蜘蛛，不仅能分泌毒液，而且内心也非常狠毒，甚至在洞房花烛夜，活活吃掉了雄蜘蛛。

黑寡妇可怜的孩子没有爸爸，可动物王国偏偏要评比好爸爸。

最被看好的是企鹅爸爸和海马爸爸，这两位爸爸有可能是并列冠军。

企鹅爸爸在冰天雪地里孵蛋，是个模范爸爸；海马爸爸也很了得，它专门制作了育儿袋，让妻子把卵藏在其中，由自己抚育成熟后逐一生产出来。它们的事迹都很感人，所以夺冠的呼声很高。

黑寡妇的孩子十分悲伤，因为它的爸爸最可怜，肯定榜上无名。

黑寡妇安慰了孩子一番，立即开始行动。它先在网上发了一个帖子：《公企鹅、公海马性别遭质疑》，说这两位爸爸虽然是雄性，干的却是雌性的活，是动物界的"人妖"。落款是网民"捕风捉影"。

好家伙，一下子点击率超过数万。

紧接着，又有一个感天动地的帖子在网上疯传。说黑寡妇洒泪摆祭坛，祭奠为孩子献身的好丈夫。说它的丈夫在洞房花烛夜，为了给妻子增加营养，使孩子更好发育，勇于自我牺牲，用自己的肉体做成最高级的营养餐……落款是网民"空穴来风"。

这个帖子感动了许多网民。

正当好爸爸评比活动的关键时刻，企鹅爸爸和海马爸爸因为性别遭到质疑，先搁置起来了；网友们立即想到了黑寡妇那死去的丈夫，纷纷将票投给了他，它成了好爸爸评比的冠军。黑寡妇的孩子代表他那可怜的"好爸爸"领到了金牌。

后来，人们查明，"捕风捉影"和"空穴来风"都是网络大V黑寡妇搞的鬼，黑寡妇成了人人厌恶的"网络大谣"。

一枝黄花

百花园里温暖如春，各色鲜花展露芳容。一种不知名的陌生小花悄悄挤进了百花园。

"你是谁呀？小东西！"花儿们问道。

"我是加拿大的一枝黄花啊。"陌生的小花怯怯地说。

"噢，是老外呀，怪不得那么陌生！这园子已经够拥挤了，您还是另外找个住处吧！"花儿们一齐说。

"我离乡背井来到中国，孤孤零零的多可怜啊，请不要排斥我好吗……"说着说着，那小花便流下了眼泪。

园丁十分同情它的处境，劝说百花们挪一挪、挤一挤，给加拿大客人腾个地方，让可怜的小花有个落脚之地。

一枝黄花站稳脚跟以后，便迅速将根系向四周伸展开来，花茎的主杆也很快分出无数细枝，上面开出一丛丛黄色的小花，一株就能结出两万多粒种子，种子落地，又长出第二代、第三代子孙，子子孙孙以极强的生命力大量繁殖，抢占地盘，争夺养分。

花儿们极度惊恐，大家都感觉到生存的危机，于是便异口同声地责备一枝黄花："喂，老外，你当初可怜巴巴地要求我们给你容身之地，可你不该得寸进尺呀！我们的姐妹花死的死，枯的枯，都快没有立足之地了，你太霸道了吧！"

"哈哈哈，"一枝黄花放声大笑，露出了真面目，说，"其实，

我就是你们的杀手霸王花呀!"

"啊,这么漂漂亮亮的小花竟然是霸王花?"

"不过,我在花店出售时,老板给我取了个文雅的名字叫'黄莺'小姐呢!"霸王花不无得意地说。

园丁出了趟远门,归来时,眼前的情景简直令他目瞪口呆。

后来,人们从百花园到田边地角甚至荒郊野岭,不惜一切代价将霸王花一株株连根铲除了。

可可西里的旱獭

可可西里有一个全国面积最大、海拔最高的国家级自然保护区。这里生活着藏羚羊等濒危动物,也生活着旱獭和老鼠这一对冤家。

旱獭是老鼠的天敌。面对旱獭的强大攻势,老鼠惶惶不可终日。鼠王多次召开了秘密会议,商讨对策,以便躲过灭顶之灾。经过七天七夜的激烈争议,最后通过了一个最佳方案。

第二天,可可西里评选十大珍贵动物。鼠王派遣了最优秀的社会活动家,带上巨款终于使旱獭顺利过关,挤身十大珍贵动物的行列。

旱獭王十分疑惑:旱獭是老鼠的天敌,老鼠为什么会如此卖力地为旱獭争取到如此崇高的声誉呢?

正疑惑时,鼠王派人送来许多刚刚出生的小老鼠。来人诚恳地说:"尊敬的旱獭王陛下,请不要怀疑我们鼠国的一片诚意。

我们的天职是要为强者提供食品，特别是你们旱獭的肚子终究是我们老鼠的最好归宿。我们大力宣传你们，为你们争得荣誉，其实就是为我们自己啊！"

"哦，原来如此！"旱獭王每天吃着还没长毛的小老鼠，身体长得肥肥的，毛色油光闪亮，煞是美丽。不多久，旱獭王的光辉形象上了自然保护区的《珍奇动物画报》，从此，旱獭的名声远播。人们都在啧啧称赞："嗬，多好的皮毛啊！"

人怕出名猪怕壮，旱獭也不例外，名声越大，厄运也就来得越快。

正好自然保护区下了一道禁令：谁猎杀藏羚羊将被处刑。于是，偷猎者转向捕猎旱獭。

旱獭们东躲西藏，成了"过街老鼠"，旱獭王没一天能过好日子。终于，可可西里的旱獭面临灭绝的边缘了。

随着旱獭数量的减少，老鼠们趁机大量繁殖，直至"鼠"满为患。

此时，旱獭王才感悟到鼠王的险恶用心，但一切都为时已晚了。

蝤蛑和蝤蛑虎

青蟹俗名叫蝤蛑，它那副披挂全身的盔甲和张牙舞爪、横行霸道、不可一世的神态，常常令人望而生畏。

有一天，一只大蟛蜞正在自己构建的洞口戏耍，一尾黑不溜秋的鱼儿擦身而过，扬起一阵泥雾。蟛蜞恼怒地吼叫起来："谁？想找死啊！"

"对不起，我不是故意冒犯您的。"那鱼儿解释道："我是蟛蜞虎，我向您表示深深的歉意！"

听说是蟛蜞虎，蟛蜞先是惊出一身冷汗，可等到泥雾消散时，蟛蜞看清了，蟛蜞虎不过是比跳跳鱼大一些的鱼儿罢了，看不出有什么特别的能耐，于是不冷不热地问道："噢，你就是专吃蟛蜞的蟛蜞虎？你既无锐齿，又无利爪，你能战胜全副武装的蟛蜞吗？"

"不敢，不敢！"蟛蜞虎谦虚地连连后退。

"我谅你也不敢！"蟛蜞一边说一边傲慢地扬起钳子似的两只大螯说："瞧瞧，这就是我们蟛蜞拥有的重型武器啊！"

"是啊，你们有得天独厚的优势，不过，我要提醒您：对一个傲慢无理的家伙来说，优势会使他丧心病狂，丧失理智甚至丢掉性命呢！蟛蜞虎说着慢慢将尾巴朝蟛蜞伸过去，蟛蜞发了火，立马张开大螯猛地夹住蟛蜞虎的尾巴，趾高气扬地大笑起来："哈哈，知道我的厉害了吧？"蟛蜞虎不动声色，就地打滚，身子不停旋转，只听"咔嚓"一声，蟛蜞折断了一只大螯。"什么声音如此清脆悦耳啊？"蟛蜞虎明知故问。

"我，我……我在表演断肢再生呢！这是我们蟹家族的特异功能。"蟛蜞掩饰道。

"太好了，您让我长见识了！"蟛蜞虎再次将尾巴伸过去，在蟛蜞眼前摇来晃去。蟛蜞不耐烦了，终于忍无可忍地张开剩下的那只大螯，将那条该死的尾巴死死钳住。于是，蟛蜞虎照例打滚、照例旋转。一会儿，照例响起脆亮的"咔嚓"声，蟥蚌已经丧失了最后那只大螯。蟥蚌虎笑道："您又在表演特异功能了？太可爱了，我真想亲亲您啊！"蟥蚌虎凑上去，对准伤口吮吸起来，直至蟥蚌只剩下一副坚硬的躯壳。

"多鲜美啊！"蟥蚌虎咂咂嘴巴说，"傲慢无知的家伙，带着你的傲慢见鬼去吧！"

渴望飞翔的春蚕

春日融融，春光明媚，春蚕"沙沙沙"地咀嚼着嫩绿色的桑叶。这时，一只红蜻蜓轻盈地从窗口飞过，有一条最壮实的蚕宝宝眼前一亮，它惊羡得几乎发了呆。它多么希望自己也能像红蜻蜓那样在天空自由飞翔啊！可惜它没长翅膀，它终于失望了，只得低下头来，从新与大伙儿一起咀嚼嫩叶……

过了一些日子，蚕宝宝渐渐长大了，它脱下旧衫，换上新装。这时候，刚好有一只小蜜蜂"嗡嗡嗡"地唱着小曲儿从她头上转了一圈飞走了。蚕宝宝呼喊起来："我要飞翔！我也要飞翔！"

喊叫声惊醒了一只大蜘蛛，它慢慢地爬过来，劝告蚕宝宝不要异想天开，蜻蜓和蜜蜂之类的小昆虫都有翅膀，飞翔是它们的专利。你们和我们一样，只能爬行。不过我们能够制造蛛丝，编织蛛网捕捉飞虫，我们心满意足了；你们成熟后也会吐出蚕丝回报人间，换来"春蚕到死丝方尽"的美誉，

这就是你们的归宿了！

蜘蛛的话无疑像是当头浇下的冷水，蚕宝宝失望极了。

又过了一些日子，蚕宝宝接连更换了几次外套，便完全成熟了：它不吃不喝，通体透亮。在"上山"作茧之前，它依然念念不忘飞翔。小蝴蝶知道后，飞到蚕宝宝身边鼓励它："告诉你一个秘密：其实我们蝴蝶本来也是只会爬行的小毛虫，可是经过脱胎换骨的蜕变后，我们就成了舞姿翩翩的蝴蝶。你们蚕宝宝要想飞翔也不是不可能的。事在人为，有志者事竟成嘛！"

蝴蝶姐姐的话重新点燃了蚕宝宝飞翔的希望。它忙着吐丝作茧，把自己严严实实地包裹起来。

日子一天天逝去。蚕宝宝在自我封闭的小天地里苦练内功。渐渐地，蚕宝宝变成了红棕色的蚕蛹。终于到了最激动人心的时刻，蚕蛹开裂了，一只蚕蛾破茧而出！蚕蛾从头到脚把自己精心梳理了一番，然后拍拍新生的翅膀开始起飞了。

迎着灿烂的朝霞，它轻快地从蜘蛛眼前飞过。蜘蛛做梦也没有想到，蚕宝宝已圆了飞翔的梦。因为蜘蛛只知道墨守成规，不懂得事在人为啊！

鸵鸟和蜂鸟

鸵鸟生活在非洲东部大沙漠和热带大草原，与其它鸟群很少交往。一个偶然的机会，它看到了一份资料，发现自己已是鸟类王国的"巨无霸"了。它想：我不仅是世界上体型最大的鸟，而且奔跑速度最快、鸟蛋最重，为什么让我在荒漠受苦？我"巨无霸"理应登上国王的宝座。

鸵鸟向凤凰下了战书，要它立即让位。

鸟国王宫乱成了一团。

乌鸦说：这鸵鸟可不得了，站起来足足有二、三米高，体重起码有 150 多公斤呢，让它闯进宫来，可怎么得了？

连三朝元老信天翁和四朝元老白头翁都感到束手无策，别的大臣不用说全都成了缩头乌龟。

紧急关头，蜂鸟挺身而出："陛下，微臣愿意应战！在鸟类王国中，它是'巨无霸'，我是'细无敌'，正可拼上一拼！"事出无奈，凤凰点头应允了。

鸵鸟正在宫外叫板，蜂鸟上前应战。

鸵鸟瞪大眼睛寻找了半天，才发现这么一个小不点儿。

"小不点，你是谁？你来干啥？"鸵鸟喝问道。

"我是蜂鸟，出宫来与你比试啊！"

鸵鸟听了，笑痛了肚子，说："我是世界上最大的鸟，我是'巨无霸'，我是冠军！"

"我是世界上最小的鸟，体重不超过 10 克，我是'细无敌'，是小中的冠军！"

"我们下的蛋最大的有 2.85 公斤重，也是'巨无霸'！"

"你们的蛋这样笨重，一定是笨蛋！我们的蛋豆粒那样大，只有 0.5 克重，是袖珍蛋，你们一个蛋的原料我们能加工出 5000 多个蜂鸟蛋，我们的蛋也是'细无敌'，也是小中的冠军！"

"我们是奔跑高手，连羚羊和斑马都比不上，我们又是冠军！"

"哈哈哈，你们名为鸵鸟，却不会飞行。还跟羚羊、斑马这些四脚落地的走兽比高低，我都替你害臊！"蜂鸟的话正好触到鸵鸟的痛处，羞得它直想把脑袋藏起来。

蜂鸟趁机展示个人才艺。它的翅膀每秒钟能拍动 50 多次，它能一动不动地悬空逗留，又能笔直地向上、下、左、右移动，甚至还能倒退着飞行。看得鸵鸟啧啧称赞。鸵鸟想：小小的蜂鸟竟有如此高超的才艺，别的鸟儿肯定还有许多绝活！

等蜂鸟表演采集花蜜时，鸵鸟便以每小时 70 公里的速度逃回到沙漠去了。

吼猴叫板

拉丁美洲丛林里生活着一种有趣的猿猴，名叫吼猴。近一米高的个子，有一根一米多长的尾巴。更奇特的是它的叫声，几千米外都能听得清清楚楚。吼猴的喉骨结构特殊，大嗓门很有优势，一有风吹草动，便大吼大叫，它因此而位列世界十大最吵闹动物的榜首。

有一天，森林里大雾弥漫。一群红吼猴开始惧怕起来，它们似乎听到了动静，猴群的首领立即吼叫起来："滚开！等到大雾消散时，如果你们还没有滚开，我就把你们的皮扒下来做大鼓敲！"

不料森林的那一头还真有一群熊吼猴躲在其中，熊吼猴的首领也不甘示弱，立即吼叫起来："不想死的，给我滚远点！等到大雾散开时，如果哪个不怕死的还没滚远，我就把它的脑袋拧下来当足球踢！"

"呜啊吼——呜啊吼——"双方的吼猴们一齐呐喊，吼声惊天动地，令人毛骨悚然。谁都感觉得到，这是实力非常强大的两大吼猴群。

风神远远就听到了吼声，它想："吼猴皮扒下来做鼓，敲起来肯定地动山摇；吼猴脑袋拧下来当足球，踢起来一定很恐怖。……"

风神想看个究竟，轻轻吹一口气，把大雾驱散了。

霎时间，两群吼猴都惊呆了，对视片刻后，两位首领同时下令："撤！"两群猴子同时逃走了。

风神拦住红吼猴问道："你们干吗要逃走啊？"

"难道等它们来拧脑袋吗？"

"那你们干吗吼得这么响亮呢？"

"因为心里空虚啊！"

风神又追上去问熊吼猴："你们干吗也要逃跑啊？"

"难道等它们来扒猴皮吗？"

"那你们干吗吼得这么响亮，难道也是虚张声势吗？"

"对，心里越害怕，吼声就越响亮！"

"哦，有时候嗓门越大，不是说明它越强大，恰恰相反，正是说明它心里越空虚、越害怕！"风神悟出了其中的奥妙。

第六辑

爬上飞机的蜗牛

爬上飞机的蜗牛

老蜗牛慢慢吞吞地爬行，慢得不能再慢，甚至连老乌龟都嫌它太慢。老乌龟曾经有一次在龟兔赛跑中取胜，所以有资格批评蜗牛："都什么年代了，还是慢条斯理一小步一小步地挪动，真没出息！"

"慢有什么不好，慢点稳当呀！"蜗牛说，"有一首民歌唱的正是'蜗牛背上重重的壳呀，一步一步地往上爬……等到蜗牛爬上葡萄树，葡萄正好成熟了……'"乌龟见它自我感觉过分良好，便不再理睬它了。

老蜗牛一如既往，一成不变地先把触角慢慢伸长，左探探右闻闻，感到万无一失时再一小步一小步地向前移动，它不无得意地对孩子们说："小心谨慎是我们蜗牛家族的光荣传统，我们这个家族能够繁衍到今天，靠的就是这个传统。只要不出问题，动作慢点不要紧，慢工出细活嘛。我们家族中的每一个成员都要特别珍惜自己走过的路程，每前进一步都要给后人留下闪光的轨迹，记下我们光辉的历程！"

老蜗牛生怕孩子们没听清楚，它爬到一只橡胶轮子上居高临下地再重复了一遍，嘱咐大家务必牢记。谁知这只轮子竟是飞机的一条腿，它突然滚动起来，险些将老蜗牛碾成肉浆。幸亏它有经验，连忙躲进缝隙之中，才算死里逃生。

轮子滑行了一会，飞机便起飞了。当轮子开始往机身内收缩时，老蜗牛被粘到了机身下方。老蜗牛睁眼一看："哇，原来外面的世界如此精彩、如此美好啊！怪不得连老乌龟都要说我们没出息了！我们竟会满足于在鼻子底下这一小块土地上慢慢爬行，自我封闭、不图进取，多么可叹、多么可悲啊！"

飞机一会儿在低空盘旋，一会儿在云层中穿行，顷刻之间竟飞越了千山万水。老蜗牛想："这只怪鸟创造了如此惊人的奇迹，却从来不曾想到为自己留下闪光的轨迹，而我们每挪动一小步便沾沾自喜、念念不忘留下光辉的足迹，多么可笑、多么可怜啊！"

老蜗牛想把自己的亲身经历和深切感受告诉孩子们，它想修正自己的观点。可惜飞机在异国机场下降时，老蜗牛被震落在跑道上，它再也无法找到自己的孩子们，所以小蜗牛们始终不敢违背老祖宗的训示，津津乐道的依然是慢点稳当之类的"格言"。它们依然是慢慢吞吞地伸出触角，前后左右探寻一番，感到万无一失时才敢迈出一小步，紧接着便一丝不苟地做上记号，留下一道道光闪闪令人讨厌的轨迹。

三个"魔鬼"

有一个最爱妒忌的女人叫小明，隔壁住着一对恩爱的小夫妻。每天，夫妻俩手牵手进进出出，小明妒忌得牙痒痒。

终于有一天，小明抓到了模范丈夫对妻子不忠的把柄，神神秘秘地告诉妻子。妻子自然不会相信，但又经不住小明三番两次的告密，开始注意起丈夫的举止来。

还别说小明这张乌鸦嘴，原来果真不是空穴来风。一连几天晚上，丈夫总说单位加班，很迟才回家，可妻子向单位同事了解，同事都说根本没这回事。今天晚上，丈夫又说去单位加班，妻子便悄悄跟踪，躲在远处观察动静。她见丈夫到了一家宾馆门口，果然有一个年轻女子迎出来。那女子挽着他的手亲亲热热进了房间……

妻子怎么也想不到，如此恩爱的丈夫竟然会背叛她！一想起小明那幸灾乐祸的眼神，她悲愤交集，痛不欲生。她恨丈夫、恨小明、更恨夺走她丈夫的"狐狸精"。一股恶气郁结心头，她几乎要发疯了！

她高价雇用猎人，制造檫枪走火冤案，打烂"狐狸精"的屁股。

"打'狐狸精'不比打狐狸，狐狸尚且受到法律保护呢，更何况是人啊。"猎人想，"万一弄出人命来，那就万劫不复了。"可他又舍不下那一大叠的佣金，犹豫再三，决定铤而走险……

猎人埋伏在隐蔽处，等了个把钟头，才见"狐狸精"拖着行李出来了，看样子是想要离开宾馆，丈夫就屁颠屁颠地跟在她后面。两人有说有笑，看样子十分开心。猎人赶紧瞄准"狐狸精"的屁股，虽然十分紧张，却挡不住金钱的诱惑，终于咬咬牙，扣动了扳机……本来猎人瞄准的是女人的屁股，枪响时，正好那男人跨前一步，弯腰帮女人提行李。子弹不偏不斜，正中男人的脑门，那男人——名声远扬的模范丈夫随着枪声躺倒在血泊之中……

猎人一看，人命关天，丢下猎枪，逃之夭夭。

躲在暗处指挥的妻子疾步冲上去，抱住丈夫哭得死去活来，她想找"狐狸精"拼命，不料那个女人不是别人，正是丈夫最疼爱的小妹。小俩口才结婚不久，便闹离婚。小妹怕家丑外扬，所以悄悄躲进宾馆，约大哥密谈。大哥苦口婆心规劝了四五天，总算说服了小妹。今天正准备送她回婆家，不料会出这种意外！小妹搂着大哥泣不成声，痛不欲生。妻子得知真相后，更加悔恨交加，捶胸顿足，她真的疯了。

小明听到风声，以为有好戏，忙挤进人群看热闹。妻子一见，捡起一块砖头，喊了一声"魔鬼！"，恶狠狠向小明头上砸去。小明摇晃了一下，倒下了。妻子又喊了一声"魔鬼！"用砖头猛砸自己的脑瓜，她带着悔恨的眼泪追赶屈死的冤魂去了……

是啊，妒忌是魔鬼，冲动也是魔鬼！这个故事中还有第三个魔鬼，谁啊？大家一定知道吧！

良种猫的孩子

狼犬会看家护院，就是对耗子束手无策。听说邻村的良种猫刚下了崽，狼犬趁其不备时，偷偷将最健壮的小猫崽抱回家来精心抚养。小猫崽很快长大了，狼犬以为从此鼠患可除了，谁知小猫崽根本不会捕鼠，见了小老鼠自己先吓得牙齿直打战。

　　狼犬想：嘿，良种猫怎么会生出这种窝囊废！它悄悄潜入猫家打探动静，只见老猫正在作捕鼠示范，小猫崽们全神贯注地看老猫表演：老猫几次放走老鼠，又几次扑上去将它捉回来，等到老鼠半死不活时，就丢给小猫崽，让它们练习捕鼠的要领，老猫在一旁指挥，纠正小猫扑杀的姿势……

　　狼犬明白了，原来，要想小猫能捕鼠，还得反反复复做示范呢！可自己不会捕鼠，怎么办？请别人辅导也不行，因为小猫是偷来的，让人知道了太没面子了！没奈何，狼犬只好自己作示范。它让小猫崽认真观看，自己奋力把老鼠赶得满屋子跑，速度越来越快，老鼠突然钻进墙洞，狼犬用力过猛，一头撞到墙壁上，鼻子都撞歪了，小猫乐得"妙乎妙乎"喝倒彩。

　　狼犬发火了，高价雇佣黄鼠狼对准鼠洞放臭屁，老鼠受不了啦，钻出洞来慌慌张张蹿到房梁上。狼犬抱住柱子拼命往上爬，可是爬柱子不是他的强项，才爬到一半便四脚朝天跌翻在地，小猫崽抿着嘴巴差点笑破了肚皮。

　　狼犬请大蟒蛇上栋梁把老鼠赶下来。老鼠"吱溜"一声钻到房顶上。"狗急会跳墙"，狼犬猛地一跃跳到了墙头，再一个腾跃便上了屋顶。

　　左邻右舍见了都说这狼犬发疯了，小石块雨点般落到狼犬身上。

　　狼犬可怜巴巴地说："别打啦，别打了，我在捉耗子呢！"

　　"捉耗子是猫的职责，你不用多管闲事！"大家一齐呐喊。

　　狼犬无可奈何，赶紧把小猫崽还给了老猫："猫大姐，对不起，它是属于您的，在我这儿，只能变成窝囊废啊！"

山猫告状

山猫在鸡场附近挖洞定居，鸡们知道后心惊肉跳惶惶不可终日。白鸡、乌鸡和花鸡三大家族的首领紧急商议对策，一致认为三十六计走为上计。三大家族决定立即搬迁。

山猫贴出"安民告示"：只要鸡们和睦相处，不再争斗，猫决不干涉鸡的内部事务。

猫设立了举报箱，如果有人举报并证实鸡们有打斗行为，那么猫就会义不容辞地严惩肇事者。

鸡首领们觉得猫的做法也合情合理，而且猫还说只要鸡们不举报，即使犯规也不要紧的。所以鸡的三大家属都愿意留在原地，谁也不想搬迁，拖儿带女离乡背井挺辛苦的。

这样生活了一段时间，虽然鸡们偶有争斗，但无人举报，仍然相安无事。但猫决不甘心让鸡们这样和平共处的，它连夜写了举报信自己去告状，然后神色慌张地来实地调查。它说，根据举报，乌鸡家族昨天曾发生聚众斗殴的严重事件。按规定乌鸡家族应该满门抄斩，但猫假装慈悲、网开一面，只罚乌鸡家族上交一对鸡仔。乌鸡被处罚后，怀疑是白鸡告的密，因此暗地里举报白鸡也曾打斗过，猫立即对白鸡家族作了同样的处理。白鸡家族猜测是花鸡暗中告密，所以它们以牙还牙，对花鸡进行"报复"，结果花鸡家族同样损失惨重……这样，三大家族互相猜疑、互相揭发、互

相仇恨，各自的实力大大减弱了，直到最后只剩下三位首领尚未丧生，而猫却天天"处理"鸡们争斗的案件，天天有童子鸡上交，它吃得腰圆体胖、嘴角流油。

看到这情景，鸡首领开始有所醒悟，都说："咱们是不是上当了？"它们统一认识后，便暗中在举报箱旁边装了捕兽夹。

第二天天刚亮，鸡们听到举报箱旁边传来呼救声，一看，原来是猫，它手里还捏着举报信，这家伙想最后置鸡首领于死地。

鸡们终于明白了，原来山猫才是挑起矛盾的搅屎棍！

鸡首领说："这家伙是以好人面目出现的敌人，欺骗性、危险性更大，决不能放过它！"

蛇和农夫

汹涌澎湃的洪水冲毁了农夫的家园，也淹没了蛇王的洞府。

蛇王率领所有子民浮游水面，爬到一棵大树上。

农夫随波逐流，为了活命，也抱住了这棵大树。农夫企图爬上树杈，见树上密密麻麻的蝮蛇，手臂开始发抖。宁可被洪水冲走淹死，也不愿爬到树上让蛇咬死！他想。

蛇王看透了农夫的心思，于是开口道："上来吧！"

农夫战战兢兢地说："我怕你咬我！"

"不会的！"蛇王肯定地回答，"我的毒牙从小被人拔掉了。"

"你骗人，我明明看见你的毒牙了！"

"那是假牙，牙医昨天才替我装上的。"

"哦，原来是这样。"农夫放心了，便大着胆子爬上了树杈。

蛇丞相吐着信子，在农夫身后探来探去。它爬到蛇王跟前，小声说："这个农夫的爷爷曾经救过我们的前辈。前辈苏醒过来却一口将他咬死了。农夫家族与我们结下了世仇，发誓将我们斩尽杀绝。大王，你说这样的人难道也值得救吗？"

"应该救！"蛇王斩钉截铁地说，"这是我们化解仇怨的最佳时机。再说，毕竟，咱们前辈先负于人家啊！"

洪水终于退去。农夫的儿子找到了父亲。父子俩抱头痛哭。

这时，蛇王率领子民们从大树上滑下来，准备返回洞府。

"蛇！"农夫的儿子本能地捡起木棍。蛇迅速缠满他的全身。

这突如其来的变故使农夫惊慌失措。他情急之下，一把抓住蛇王。

蛇王立马自卫反击，咬了农夫一口。

农夫捂着伤口，责问蛇王，"你不是说装的假牙吗？为什么骗我！"

"我骗你是为了救你！"

"既然救了我，为什么又要咬我？"

"咬你是为了救自己！"

"其实，我不想伤害你，只是希望你下令放过我儿子！"

蛇王看了看农夫说："好吧，我满足你的愿望！"

转眼之间，蛇群消失了。

"爹——"儿子抱着奄奄一息的农夫，撕心裂肺地哭喊起来。

"冤……冤……"农夫想说什么，声音轻得听不见了。

"爹，我知道你死得冤，曾祖死得冤！我要为你们报仇！"

农夫听到儿子后句话，顿时睁开双眼，艰难地抬起头，摇了摇……

农夫死了，眼没有闭上。也许他还有话要向儿子交代，但已经无法完整地说出来了。

抓机遇

机遇是通向成功的桥梁。但机遇神出鬼没，不易捕捉；机遇变幻莫测，难以捉摸。

一天，智者立志要抓住机遇，懦夫、愚人和懒汉向往着成功，也跟随智者一同去捕捉机遇。

四人在茫茫雾海中上下求索，苦苦探寻。突然，机遇化作一只硕大的鹏鸟从天而降，它拍打着强劲的双翅向懦夫扑来，懦夫吓破了胆，口吐黄绿色的苦水，瘫倒在地，再也没有起来。智者说："那正是千载难逢的机遇啊，只要勇敢地抓住它，便会走向成功的巅峰。真可惜，他不仅失去了机遇，甚至还赔上了老命呢！"

智者、愚人与懒汉继续寻找机遇。

一会儿，机遇化作一团闪光的火球晃晃悠悠地向愚人飘来。智者大声喊道："注意啦，那正是机遇，看准时机抓住它！"

愚人一听，便迫不及待地跳了起来，他伸手猛抓，而机遇

海神雕像

还没有到位，等他双脚落地时，机遇却刚刚从头顶飘飞过去。愚人急得直跺脚，埋怨智者捉弄他，智者说："要想抓住机遇，必须要看准时机，过早过迟的行动都将丢失机遇啊！"愚人不理解，赌气回去了。

智者只好与懒汉继续上路。

又过了一会儿，太阳驱散了迷雾，大地一片光明。机遇幻化成和煦的春风暖洋洋地吹来，懒汉陶醉在春风里，伸个懒腰便迷迷糊糊地睡着了，智者怎么也推不醒他。智者只好独自撑开绿伞，春风将他轻轻托起，在春天的旋律中自由翱翔。智者立即把成功的种子撒向高山、撒向平原、撒向江河……

当懒汉从甜梦中醒来时，智者正在收获成功的硕果。

懒汉生气了，责备智者独自抓住了机遇，智者说："别埋怨了，看来懦夫、愚人和懒汉都是与机遇无缘的！"

出卖义犬的人

从前，有一财主家养了一只狼犬，狼犬十分忠实地为主人看家守门。

在一个风雨交加的暗夜，一伙盗贼破窗而入，狼犬大喊大叫，虽然身上被捅了几刀，但它仍然奋不顾身地死死咬住盗贼。狼犬不仅保卫了主人的百万家财，而且捉住了一名盗贼，官府顺藤摸瓜，擒拿了很多盗贼的同伙。

义犬上了光荣榜，戴上大红花，受到人们的交口称赞。

盗贼头子决心为同伙报仇，他恨死了看门的义犬，便以惊人的高价托人购买义犬。

开始时，主人说什么也不肯出卖立过功的义犬，但当买价渐渐上升到一万大洋时，主人动心了。他找到了安慰自己的借口：这位先生肯出如此高价购买义犬，足见他的诚意，足见他充分了解义犬的价值，他肯定比我更爱惜义犬。如果我硬要将它留下，不是耽误了它的美好前程么？这样一想，主人就心安理得地收下了白花花的一万大洋。

他急匆匆赶到狗市场上，只花了几块大洋便买回来一只新的狼犬。他想：要是新狼犬也能立功，还可以再赚它一万大洋，这样的买卖何乐而不为呢！

正当他打着如意算盘时，义犬被盗贼头子剁成了肉酱，包了狗肉包子，分给同伙饱餐了一顿。消息传开，狗们不寒而栗。

当天晚上，又是一个风雨交加的暗夜，盗贼头子带领同伙再次光顾财主家。新狼犬便勇猛地扑上来殊死搏斗。盗贼掏出义犬的大腿骨，甩到狼犬身旁说："别逞强了，先瞧瞧这是什么？"狼犬闻了闻说："不过是块骨头罢了！"

"告诉你，这是你的前任的大腿骨！"盗贼头子说，"它曾经冒着生命危险守护主人的百万家财，然而主人却为了得到一万大洋而出卖了它。你觉得还有必要为这种忘恩负义的人送死吗？"

狼犬傻了眼，伤心地连连叹息。面对义犬的大腿骨，它的四肢不由自主地哆嗦起来……

盗贼从容不迫地盗走了财主的百万家财。甚至连出卖义犬所得的一万大洋也全被洗劫一空。

财主如梦初醒，悔恨交加，可惜为时太晚了。因为见利忘义，他已经成了一无所有的穷光蛋！

新来的"鸭司令"

某贪官因为腐败问题被撤职查办，刑满回家，深感寂寞。昔日发号施令、指手划脚、好不威风。如今冷冷清清，日子很难打发。于是买了一群会下蛋的鸭子，当上鸭司令。

他想：不管怎么说，"鸭司令"也总是"司令"吧，也算是过了一把"升官"的瘾。根据以往的经验，当官就离不开"管、卡、压"，否则谁会买你的账啊！

鸭群一下河，他连忙拿起竹竿"管"起来，一会儿"向左转"，一会儿"向右转"，喊了半天口令，可谁也不理睬他，鸭子们见了水，只顾自己打闹戏耍。鸭司令大为恼火，晚上鸭子归窝时，他就要"卡"一"卡"，扣住鸭子的粮食，让这些不服管教的家伙整整饿上一夜，那样不怕它们不学乖！可鸭子们根本不知好歹，只觉得新来的鸭司令怪怪的，怎么晚上不让我们进食？不进食怎么能下蛋呢？

果不其然，第二天清晨，鸭司令去检查，发现全体鸭子基本上都没下蛋，只有两只老鸭下了两只软壳蛋。

鸭司令更加恼火了。他要采取高压手好好治一治这些不听话的家伙。他先是将鸭群关了一天紧闭，不准它们下河；然后突击赶制了许多双小鞋和两顶高帽子。

他将小红帽戴在两只下过软壳蛋的老鸭头上，表示对它们的奖赏，并且给它俩开了小灶；紧接着，他又将其他鸭子的脚趾一双双硬塞进拇指那么大的小鞋中。他觉得给人"穿小鞋"是最有效的一种办法，从前他在台上时，只要谁敢跟他过不去，他就让人家尝尝"小鞋"的滋味，直到人家认错讨饶他才罢休。下台至今，好久没权力给人穿"小鞋"了，今天总算有了机会，重新显示了一下"司令"的淫威。

可怜鸭子们经过一天一夜的折腾，除了戴高帽的两只老鸭外，其他鸭子全都奄奄一息了。

鸭司令赶紧给兽医站挂了电话，兽医立即登门诊治。他检查了所有"病"鸭，大吃一惊，再看看这位鸭司令，更是义愤填膺，怒不可遏地说："原来是你啊，真是恶习难改！如果不整人，你是不是就活不下去啦？"

"你是谁？"鸭司令说。

"我就是当年被你整得走投无路的那位小职员啊！"

"我怎么记不起来了？"

"被你整治的人太多了，怎么记得住啊！"

鸭司令羞愧得无地自容了。

脱毛老鼠

大老鼠在地下洞府举行了隆重的登基仪式，它成了鼠国的国王。

大老鼠享受到了国王该享受的一切特权。不多久，由于贪欲的不断膨胀，鼠国一切特权渐渐失去了应有的诱惑力，它渴望像人类一样能有更高级的享受。

于是，小老鼠们四处奔波打探，发现一幢豪华别墅的女主人已经外出，正可以让鼠大王进去享受一番。

鼠大王立即率领大队人马从排污管道钻到了别墅的卫生间。卫生间里摆着各式各样的沐浴露和洗发香波，还有口红和法国香水等等，琳琅满目，到处都散发着醉人的芳香。

鼠大王想，毕竟人类的生活像天堂一样，非鼠辈的地下生活可以相比。

鼠大王一时高兴，格外开恩，准许大家一同痛痛快快洗个温水澡。可是老鼠们并不认识人类发明的文字，错把脱毛霜当作沐浴露，所有的老鼠都争先恐后地将脱毛霜抹到自己身上。结果可想而知，老鼠们的胡子和体毛纷纷脱落，浑身斑斑驳驳，难看死了。

鼠大王无可奈何，索性让大家再用脱毛霜把尚未脱落的黑毛再涂抹一遍，这样大家全都变成了光溜溜的白老鼠，似乎好看了

一些，只是失去了体毛的呵护，一个个抖抖索索冷得难受。于是，老鼠们你一言我一语地埋怨起来。

鼠大王安慰道："大家不要埋怨，在困境中特别需要冷静！我想起来了，记得西山脚下有个白鼠村，村里人喜欢把白老鼠像神灵一样供养起来，他们就是靠出售白老鼠谋生的。咱们不如鱼目混珠，冒充白老鼠度过艰难时期，等长齐了体毛再回洞府。"

"这个主意好极了！"老鼠们乐得上蹿下跳。

它们好容易到了白鼠村。开始时，也真有人把它们当作白老鼠收养起来，可后来越看越不对劲：奇怪，怎么全身没一根鼠毛，肯定是病鼠吧！

那人惊惶失措地把这些不速之客全部交给了防疫站。

为了查明鼠毛脱落的原因，工作人员把老鼠们全都送上了手术台，细心地逐个进行解剖化验。老鼠们哭爹喊妈，吓得吱吱直叫。

死到临头，鼠大王叹道："都是我害了你们哪，因为有了非分之念，才招来今日的杀身之祸啊！"

报 复

从前有一个财主，家里粮食堆积如山。

有一天，财主发现粮仓被老鼠咬破一个大洞，白花花的大米往外流。财主心疼得要命，他又气又急，连忙上街买了一只老鼠笼。用一块油炸肉皮作诱饵，捉住了一只大老鼠。

财主恶狠狠地对老鼠实施报复，他每天将老鼠笼放到太阳底下暴晒，又用烧红的铁丝烙老鼠的皮毛，老鼠疼得吱吱直叫唤。

老鼠说："我曾经咬破了您的粮仓，今天落入您的手中，也是罪有应得。不过我求您一件事：您立即将我处死，不要这样折磨我，我受不了啦！"

财主说："哪有这样便宜的事，我就是要让你死得非常痛苦，让所有的老鼠都知道我的厉害！"说着又用一根绳子紧紧缚住老鼠尾巴，他将老鼠赶出铁笼，牵着绳子，用小木棒赶老鼠"游街"示众。

老鼠想咬断绳子，可绳子太坚韧，怎么也咬不断，老鼠只好狠狠心，想咬断自己的尾巴。

财主说："你想溜啊，看来是不想活了？我还没有玩够呢！"

老鼠说："您这样折腾，我是生不如死啊！"

"那好，"财主说，"想死还不容易！不过我不会让你痛痛快快地死，我要让你死得非常可怜、非常悲惨！"

"千万别这样！"老鼠说，"狗急了会跳墙，老鼠急了也会报复的！"

"哈哈哈，"财主大笑道，"我倒想开开眼界，看看老鼠有多大能耐，落到这个地步还有什么本领可以报复我……"

财主将煤油浇遍老鼠全身，然后用火柴点燃。老鼠痛苦地挣扎着，发出凄厉的惨叫声。

　　财主说："有什么伎俩，全给我使出来，让我见识见识啊！"

　　正在这时，火焰快速烧到老鼠尾巴上，竟把捆住尾巴的那根绳子烧断了。老鼠趁机逃跑。财主说："不用逃跑了，你全身皮毛都已经烧焦，反正活不了的。"

　　老鼠忍住痛迅速钻到阁楼上，用自己燃烧的身体点燃一切可以点燃的东西。霎时间，熊熊烈火冲天而起。财主慌了手脚，连忙叫人来救火，可惜木结构的高楼越烧越旺。不多久，百万家财全部化为了灰烬。

独木桥的故事

　　一条小河从森林边上流过，小河中央有一方长满花草的绿洲。森林中的小动物们常常沿着独木桥来到这里戏耍。

　　日子久了，独木桥开始腐烂。

　　小鹿走过，听到了独木桥响起吱嘎吱嘎的声音，小鹿说："独木桥该修一修了，否则迟早会出事的！"

　　小狗走过，也听到了独木桥响起吱嘎吱嘎的响声，小狗说："独木桥该修一修了，否则肯定会出事的！"

　　小羊走过，同样听到了独木桥响起吱嘎吱嘎的断裂声，小羊说："独木桥该修一修了，否则后果不堪设想啊！"

　　小熊走过，断裂声更响了，小熊说："独木桥再不修理，恐怕很快就要出事了！"话音刚落，独木桥终于断了，小熊跌落河中，被河水冲出老远。幸好小熊水性还不错，冲到浅水区便水淋淋地爬了上来。

第二天，小动物们又想过河去游玩。

小鹿来到断桥边，叹道："唉，该架一座新桥了，没有桥，多不方便啊！"

小狗来到断桥边，说："是该架一座新桥了，不管花多大代价都不会过分的！"

小羊来到断桥边，说："唉，多么幽雅的河中绿洲啊，没有小桥，只能隔河观望了！"

小熊来到断桥边，说："真可惜啊，河中绿洲是我们的乐园，没有小桥，等于丢失了一块宝地啊！"

小猴子们看在眼里，记在心里，大家齐心合力，七手八脚地修建了新的独木桥。

小鹿从新桥上走过，说："咦，怎么能用这样窄的木头修桥啊，既不结实又不美观！"

小狗从新桥上走过，说："咦，怎么还是这样粗糙啊，既不平整又不雅观！"

小羊从新桥上走过，说："咦，怎么还是独木桥，至少要用两根木头，这样才安全呢！"

小熊从新桥上走过，说："咦，怎么不用石桥呢？木头会腐烂的，这点基本知识都不懂吗？"

小猴子们听了都很伤心，愤愤地说："自己不肯动手，又不尊重别人的劳动，多么令人讨厌啊！"

"傻瓜村"

传说古时候有个亡国之君带着大臣们躲进了人迹罕至的深山老林，与外界隔绝了数千年。虽几千年薪火相传，但如今只留下一个小小的村寨了。

由于旅游景区的开发，一条公路绕寨而过，人们才发现了这个世外桃源。

大约寨中近亲通婚者居多，村寨中盛产傻瓜。长期消息闭塞，加上语言障碍，居民一个个呆若木鸡，于是人们都称这个村寨为傻瓜村。

又据说，这个神奇的村寨不仅盛产傻瓜，而且还盛产贵重文物。

傻瓜们根本不知道文物的价值，他们把文物称作"坟物"，认为是坟洞中挖出来的死人的陪葬物品，没什么用处。有考古学家只花了几十块钱便买到一件文物，一转手就赚了几万。

消息不胫而走，城里的聪明人成群结队到傻瓜村来抢购文物。

好家伙！傻瓜村的傻瓜们财迷心窍，终于把老国王的地宫都挖出来了，总共有数千件文物，最保守的估价也该有五亿多元。

城里人说也不能让傻瓜们太吃亏，所以集体筹资五千万把地宫宝物全买下来。

聪明人捡了个大便宜，欢天喜地地将文物运回城里。

令人惊诧的是：当场从地宫中挖出来的所有文物竟然全是赝品，总价值至多不超过五万元！

咦，怎么回事？

聪明的城里人反悔了，带着所有文物气势汹汹地到傻瓜村讨说法。

咦？更令人惊诧的是：活生生的一个傻瓜村一夜之间竟然在人间蒸发了。

聪明人怎肯善罢甘休，他们四处寻找傻瓜村的踪迹，最后聪明人总算查到了真相：原来传说是假的、傻瓜村是假的，傻瓜是假的、地宫是假的、地宫的文物当然也是假的，只有购买文物的五千万元集资款却全是真的啊！

聪明人自以为聪明，自以为占了傻瓜的便宜，谁知天上没有掉馅饼，聪明人钻进了比他们更聪明的"傻瓜"们巧妙设下的圈套。

鸦女成"凤"

乌鸦一向被人视为不祥之鸟，《乌鸦喝水》的故事都编进了教科书，可它的处境仍然好不了多少。

乌鸦对自己是彻底失望了，它把一切希望都寄托在独养女儿身上，盼望它有一天会成为凤凰。

　　每天一大早，望女成凤的鸦妈妈便催女儿"啊啊"地吊嗓子，然后风雨无阻地送女儿到大公鸡的"小歌星"培训中心学习歌唱。小歌星培训中心刚放学，鸦妈妈又送女儿到白天鹅的舞蹈学校学习芭蕾舞。紧接着鸦妈妈又急匆匆陪女儿赶往外语学院请猫教授辅导它学猫语……为了达到既定目标，女儿的双休日早就被无情剥夺了。鸦妈妈和鸦女总是来去匆匆疲于奔命，但鸦女除了日渐憔悴外，却不见有多大的长进。鸦妈妈看在眼里急在心里，特别当黄莺的爱女一举成名后，鸦女的压力更大了。黄莺的爱女本来与鸦女同时在"小歌星"培训中心学习，最近在大森林春节联欢晚会上亮了相，一首小夜曲一炮打响，红得发紫，而鸦女呢，大公鸡面对面给它辅导，它竟然呼噜呼噜睡着了！真是无可救药！鸦妈妈气得脸色铁青。

　　鸦女曾多次诉苦，说自己对声乐毫无兴趣，鸦妈妈说："兴趣是可以培养的嘛！"鸦女说自己五音不全，凭这副破嗓子，根本不是当歌星的料，鸦妈妈不厌其烦地说了一大堆"事在人为""有志者事竟成"以及"不经一番寒彻骨，哪得梅花扑鼻香"之类的大道理。

　　为了女儿早日成凤，鸦妈妈甚至牺牲了孵蛋的时间，把两个鸦蛋卖给了隔壁鸦大妈。为了使女儿成凤，鸦妈妈可算是不惜代价，孤注一掷了。这一切对鸦女来说真是个千斤重压，她接连做恶梦、长期失眠，再也支撑不住，她的精神彻底崩溃了。

与鸦女同命运的还有小鸭子。小鸭子被鸭妈妈赶进"小歌星"培训中心，它也是一个毫无长进的老学员。好几回被鸭妈妈吊起来打个半死，可还是无济于事。它俩终于被逼疯了。

它俩一同爬上十八层高楼，一同起跳。

小鸭子当场跌进了"十八层地狱"，鸦女快落到地面时又展开了翅膀。

鸦女飞起来了，一面飞一边高喊："我是凤凰，我是凤凰……"

鸦妈妈伤心欲绝。这时候它才懂得了欲速则不达的道理，可惜已经晚了。

公鸡下鸭蛋以后

一大早，公鸡感到肚子胀胀的，很难受。它轻轻啼叫了一声，没心思好好打鸣。像是要拉稀的样子，它蹲在鸡窝里，屏住呼吸一使劲，一泡稀薄的鸡屎放了出去。公鸡感到轻松了一些。可当它回头观望时，它吓了一大跳："哇，我怎么会下蛋了，而且下的还是鸭蛋呢！"

消息不胫而走，立即吸引了各家新闻媒体。电台、电视台、家禽日报社都派记者抢新闻。

摄影记者动作最快，"咔嚓嚓"拍了一张公鸡和鸭蛋的大特写，迅速在《家禽日报》头版刊登。报刊记者也不示弱，围住公鸡追

根究底，希望能找到公鸡变性的蛛丝马迹。

"公鸡先生，下蛋之前，您有什么异样的感觉？"

"感到肚子胀胀的，像是食物中毒那种感觉。"

"公鸡先生，今天打鸣的声音有什么变化吗？"

"身体不大舒服，忘了打鸣。"

"是忘了打鸣，还是不想打鸣？"

"想不起是怎么回事。忘了打鸣与不想打鸣有区别吗？"

"根本性的区别：忘了打鸣是失职，不想打鸣是变性的征兆。公鸡先生，您再回忆一下，究竟是忘了打鸣还是压根儿不感兴趣？"

"噢，记起来了，我已经打鸣过了，只是嗓音没昨天亮，有点沙哑。"

"是不是像母鸡叫蛋的那种声音？"记者们急切地追问。

"那也不至于吧，大概是昨天多吃了一些胡椒粉的缘故吧！"公鸡努力回忆。

……

正在记者们追根究底的时候，一只母鸭一摇一摆地回来了。看到记者们正在采访公鸡下鸭蛋的新闻，便哈哈大笑起来。

"鸭蛋是我下的！"母鸭十分肯定地说。

"不要冒认，你的蛋怎么会下到我的鸡窝里？"公鸡急了。

"早晨下水前，肚子胀鼓鼓的，才想起昨晚忘了下蛋，回鸭舍时，见门已关上，赶紧钻到鸡窝里下了蛋，便匆匆去追赶鸭群，忘了告诉你。"母鸭的解释合情合理。公鸡的脸"唰"一下红了。

"哇，原来是母鸭下的鸭蛋啊！"

"这算是哪门子新闻啊！"记者一哄而散了。

杜鹃下蛋以后

杜鹃鸟下了两个蛋，越看越喜欢。但是，杜鹃鸟最讨厌孵蛋，整天蹲在窝里，不吃不喝，多痛苦啊，简直比蹲监狱还难受。

几乎与此同时，喜鹊也下了两个蛋。喜鹊老老实实认认真真蹲下来孵蛋。中途它飞到小溪边喝了几口水，回来时吓了一跳："哇！明明下了两个蛋，怎么一下子变成四个了！嗯，大概刚才打了个盹，梦里又下了两个蛋了！"

猫头鹰见它一惊一乍的，便提醒道："喜鹊姐姐，刚才我看到杜鹃鬼鬼祟祟的，是不是它把蛋下到你窝里了？"

"笑话，自己的蛋怎么会下到别人的窝里，难道它脑子进水啦？"喜鹊不以为然地反问道。

"上回蟒蛇把蛋下在乌鸦窝里，我好心提醒它，乌鸦根本不信，结果孵出两条小蟒蛇，可怜乌鸦被它们活活缠死了，所以……"

"放屁！人家孵蛋是喜事，你这猫头怪鸟尽说些不吉利的话，真晦气，给我滚远点！"喜鹊生气了。

过了许多天，四个孩子都先后出壳了。

喜鹊欢天喜地，忙忙碌碌，飞来飞去找虫子喂养孩子。

　　杜鹃的孩子出壳早，长得快，既霸道又残忍。等喜鹊离巢觅食的时候，狠心将喜鹊的两个孩子活生生踢出鸟巢。喜鹊归来时，两个小家伙恶人先告状："妈妈，两个弟弟怎么也听不劝阻，硬要站到鸟巢边沿，一阵大风将它俩刮到地上去了……"喜鹊一听，大惊失色，飞到地上一看，两个宝贝儿子全都死翘翘了！从此，喜鹊把所有的爱都给了剩下的两个孩子。两个孩子尽情享受着母爱的温暖，越长越大，羽翼渐丰，可奇怪的是越长越不像喜鹊了。

　　猫头鹰再次提醒道："喜鹊姐姐，现在总该清醒了吧？你养的是别人的孩子啊！"

　　喜鹊说："我不是生母，也总管是养母啊！我没有亲子，将来只有靠养子为我养老送终了！"

　　"别指望杜鹃的孩子为你养老，其实，你的两个亲子就是被它们踢下去摔死的！"

　　"什么？"喜鹊痛心疾首，"孩子，这是真的吗？"

　　"真的又怎么样！"杜鹃的两个孩子拍拍屁股飞走了。

　　喜鹊欲哭无泪，后悔莫及。

　　猫头鹰想：一种致命的错误会被不同的对象一再重复，我的提醒毫无作用。正因为如此，所以猫头鹰只好睁只眼闭只眼，不想多说什么了。

王八下蛋以后

老乌龟挖了个沙坑，把宝贝蛋一个一个下到坑里，再铺上沙子，然后小心翼翼地把脚印抹平……

"王八蛋，王八蛋！""你才是王八蛋！"正在此时，两个小顽童的声音响起。老乌龟以为自己下的蛋被他们发现了，它紧张地躲在一旁守护，随时准备出击。可听了一会，才知道两个小家伙在对骂。后来惊动了双方家长，各自领着孩子回家，并一再嘱咐：千万别再骂"王八蛋"，多难听啊！

老乌龟想：王八蛋是我的宝贝蛋，怎么会变成骂人的话了？

老乌龟怀着满肚子的疑问和委屈四处去追根究底。

大家都知道"王八蛋"是很刺耳的骂人话，却不知道其中的原因。后来，有智者告诉它："王八蛋"是"忘八端"的谐音，前人认为做人的基本准则有礼、义、廉、耻、孝、悌、忠、信八个方面，即"八端"，有的人"八端"全忘光，叫做"忘八端"，所以骂别人"忘八端"就等于骂别人"人渣"。"忘八端"谐音"王八蛋"，久而久之，人们只知道骂别人"王八蛋"，却不知其出处了，因此太让你们受委屈了。

老乌龟越听越气愤，想找个高人为它的"王八蛋"正名。半路上又遇到两个男子扭打成一团，嘴里不停地骂对方"老乌龟"。

"老乌龟"想：不但我的宝贝蛋被人当作骂人的话，而且我老乌

龟也被当作骂人的话，我们乌龟家族究竟惹谁啦。

老乌龟终于找到了高人，高人告诉它：骂别人"乌龟"是讥笑他的妻子"红杏出墙"。那也是一种误会——古人不知真情，认为乌龟没有雄性，雌龟须与蛇偷情才能传承香火。所以骂人"乌龟"也是很伤人的。

"我们乌龟从来有雌雄两性，也从未与蛇有染，古人无知，今人也不懂吗？"

"由于以讹传讹，久而久之，便以非为是了。"高人说，"如果我告诉你，龟兔赛跑中乌龟得了冠军，你信不？"

"当然信，这是尽人皆知的事实。"

"这分明是寓言大师伊索虚构的故事，可是流传得既广泛又久远，大家都信以为真了。你们乌龟也一样，人们一直都用'王八蛋''老乌龟'骂人，代代相传，积重难返。你想正名，千难万难。"

老乌龟一听，伤心得老泪纵横。

高人安慰道："其实你们在子虚乌有的《龟兔赛跑》中平白无故占尽风光，也算得到了补偿，而兔子蒙受的不白之冤连补偿的机会都没有呢！"

狗狗下蛋以后

狗狗聪明伶俐，活泼可爱，是一只纯种斑点狗。

狗狗见邻居花母鸡下蛋、孵蛋，领着一群刚出壳的小鸡捉迷藏，它非常羡慕，希望自己也能下蛋、孵蛋，也能领着小狗狗做游戏。

狗狗日思夜想，终于有天深夜，它还真的下了两个狗蛋。狗蛋比鸡蛋大多了，圆溜溜的，上面还有许多可爱的小斑点。狗狗不知道有多高兴，它弓着腰，把宝贝蛋抱在怀里，认认真真开始孵蛋。狗狗不敢转身，生怕压坏了宝贝蛋。

天亮了，狗狗想好好再欣赏自己的狗蛋，可是蛋呢？明明抱在怀里的，怎么一眨眼间说没就没了。是不是我打盹的时候谁将狗蛋偷走了？会是谁呢？是不是花母鸡妒嫉了，看狗蛋这么大这么可爱，怕我孵出的小狗狗比它的小鸡更可爱，所以……正想着，花母鸡领着小鸡"叽叽叽"地出门了，见了狗狗，客客气气自自然然地打招呼问好，一点都没有因偷狗蛋而脸红的迹象。狗狗觉得不该对邻居胡乱猜疑，它自己的脸倒是羞红了。

狗狗想，会不会是住在树洞里的那只夜猫子呢？它总是夜晚出来活动，看到狗蛋，这么可爱，肯定会动心的。

狗狗就去问夜猫子，夜猫子听了哈哈大笑："狗狗怎么会下蛋，从来没有听说过！"

　　"我没骗你，狗蛋比鸵鸟蛋还要大，圆溜溜的，上面还有许多可爱的斑点。"

　　"你在说梦话吧！"夜猫子越听觉得越荒唐，以为狗狗疯了，不再理它。

　　"狗狗，你在寻找狗蛋吗？"树上一只猴子跳下来问。

　　"是啊、是啊！"狗狗急切地问，"您见到过么？"

　　"是比鸵鸟蛋还要大的那种狗蛋吗？"

　　"是啊、是啊！"狗狗觉得有了一线希望了。

　　"是圆溜溜的，上面还有许多可爱的小斑点的吗？"

　　"越说越对头了，您一定见过啦！"狗狗高兴得跳起来。

　　"不瞒你说，我——根本没有见过这种怪蛋！"

　　"那你刚才……"

　　"刚才是逗你玩的！"猴子嬉皮笑脸地边说边爬到大树上去了。

　　狗狗不依不饶，一纸诉状将偷狗蛋的猴子告上法庭。经过法庭调查和审理，原来狗狗做了一个下蛋的美梦，狗狗根本不可能下蛋的，因为它是胎生动物。

　　狗狗很惭愧：无知和猜忌让它丢人现眼。

比 蛋

母鸡第一次下蛋，非常痛苦，跳上跳下，最后跳到鸽子窝里下了蛋。母鸡比一比所有的鸽子蛋，没一个比得上它下的鸡蛋。那鸡蛋又大又白又纯，越看越可爱。

"咯咯答——个个大——"母鸡笑着跳着叫着，兴高采烈，得意忘形。鸽子们见了那么大的鸡蛋，也都赞不绝口："嗬，真大，真大！真让我们开了眼界啦！"

母鸡连忙跳到树杈上发布消息，宣布自己在鸽子窝里下了一只罕见的鸡蛋。话音刚落，一只鸭子爬上岸来，好奇地看了看鸽子窝里的鸡蛋，心想："咦，这么大的鸡蛋也能叫罕见吗？好像还不如我的鸭蛋大嘛！"鸭子盯着鸡蛋疑惑地看了又看，也看不出什么特别值得夸耀的痕迹来。母鸡见鸭子没有表示惊讶和赞叹，奇怪地问道："鸭姐姐，你能下一个让我瞧瞧吗？"鸭子谦虚地连连点头说："好啊好啊，让我试试看吧！"鸭子使一使劲儿，果然生下一只鸭蛋来。

"哇——"鸽子们异口同声地说，"鸭蛋比鸡蛋还要大呢！"

"这个……这个……"母鸡感到很意外，一时结结巴巴，不知该说什么好。

鸭子见母鸡脸色发白，欠欠身子说："真对不起，我不是有意的，我不想跟您比高低，您别在意……"

　　"比高低有什么不好啊？"说这话的是一头大白鹅。这家伙总是自以为是，目空一切，走起路来大摇大摆，从来不把别人放在眼里。大白鹅听说比下蛋，正中下怀，摇着屁股伸长脖子，东瞧瞧、西瞅瞅，不屑一顾地说："你们这些小小的圆球也能算是蛋吗？啊？要不要让婶婶我给你们开开眼界，见识见识啊？"

　　鸽子、鸭子和母鸡全都无声地等待大白鹅的精彩表演。

　　大白鹅虽然傲慢无理，可是凭良心说，它下蛋的本领确实高超，一会儿便下了一个特大的鹅蛋。鸽蛋、鸡蛋和鸭蛋哪里是它的对手，大家全都黯然失色了。大白鹅拍拍翅膀引吭高歌："嘎哥嘎——大哥大——"

　　大白鹅的大嗓门吵醒了放鹅的小孩子，它揉揉眼睛，生气地拿起小竹鞭，对准大白鹅"啪"一记打过去："有什么值得夸耀的呢？比营养价值，鹅蛋不如鸽子蛋，要是比产量，你远远不如鸡和鸭，懂吗？"

　　大白鹅很不服气，它想：比个头，鹅蛋总可以称王称霸了吧！它仍然高昂着头，一摇一晃地叫喊着："大哥大——大哥大——"

　　放鹅的孩子追上去又狠狠给了它一鞭子："论个头，鸵鸟蛋比你的蛋大多了，每颗足足有 1.5 千克呢，只是人家从来不像你喜欢自吹自擂罢了！"

不再下蛋的芦花鸡

有一只芦花鸡，曾经拥有一段春风得意的时光。想当初，它一直坚持一日一蛋，毫不懈怠。每次月赛，它的产蛋量始终位居榜首，因此多次受到主人的奖励，同伴们也都对它刮目相看，还推举它出席过母鸡多产研讨会，并作了一次重要的发言。

那一天，芦花鸡陶醉在暴风雨般的掌声中，竟忘了下蛋。第二天，当它发觉时，立即设法弥补过失，它使出浑身解数，准备下两个蛋，结果它得到了意外的收获，发生了意想不到的奇迹：两个鸡蛋竟重叠在一起，大蛋包裹着小蛋一块产出，这是一个特大的双黄双壳蛋。芦花鸡创造了产蛋史上的新纪录。

双黄双壳蛋的新纪录连同芦花鸡的大名被风风光光地载入史册。主人可高兴啦，不仅奖给它最美味的食物，还把一个五彩缤纷的花环套在它的脖子上，作为一次特别的嘉奖。

芦花鸡自从产下那个特大的鸡蛋以后，明显感到乏力，估计连下如此大的蛋套蛋是不大可能的了，不过要是每天坚持下个普通的鸡蛋倒还是游刃有余的，但它觉得那样太丢脸了，曾经受到过特别嘉奖，脖子上还套着美丽的花环的母鸡，岂能像普普通通的母鸡一样去下那些普普通通的鸡蛋呢？芦花鸡暗中给自己订下一条原则：如果没有把握刷新纪录，它宁可不再下蛋！结果它失去了许多次可能会下大蛋的机会。不过主人却依然对它寄予厚望，

照例给它开小灶，待遇十分丰厚，致使芦花鸡油脂过剩，全身肥胖。而芦花鸡越肥胖便越不会下蛋，到后来，连最普通的母鸡都超过了它，芦花鸡终于成了徒有虚名的无蛋鸡了。这时候，芦花鸡醒悟了，悲哀地感叹道："谁要是背上荣誉的包袱，谁要是像我那样把美丽的花环变成了沉重的十字架，那么结局将会是非常不幸的啊！"

兰花姐妹

苍翠欲滴的深山中，生长着奇异的兰花姐妹，它们是罕见的珍稀品种。姐妹俩一样妩媚，一样艳丽，只是姐姐长在高高的悬崖上，而妹妹却长在弯弯的山道边。

夜幕降临大地之际，秋月将沉睡的兰花姐妹抹上一层银亮的清辉；朝霞在天边升起之时，晨露为睡眼惺忪的兰花姐妹点缀上晶莹的水珠……在大自然仁爱宽厚的怀抱里，姐妹俩孕育出一朵朵娇美可人的花蕾，溢出缕缕醉人的幽香……

当封闭的深山敞开胸怀成了旅游景点的时候，当游人的足迹开始踏进山道的时候，兰花妹妹兴致勃勃地展露撩人的风姿，不多久便被爱花的游客取走了，唯有兰花姐姐独自留在寂寞的山崖上。兰花妹妹非常同情姐姐的不幸：长在山崖上的鲜花，再美丽也只能孤芳自赏了！而兰花姐姐呢，却正为妹妹的命运担忧：山道边的野花，任人随意采摘，结局将会如何呢？

后来，在一个阳光灿烂的日子里，有一对恋人手牵手进了深山，他们闻到了兰花姐姐浓郁的芳香。

"哇，多可爱的兰花哟！"姑娘望着险峻的山崖赞不绝口。姑娘的赞叹无疑是一次考验和一道命令，小伙子心领神会，便奋不顾身地攀上悬崖，小心翼翼地连根带泥把兰花姐姐挖走了。

兰花姐姐可以说是爱情的见证，它是小伙子冒着艰险好不容易才得到的，他把它移栽到最精美的花盆里，当作一件无价的礼品馈赠给魂牵梦绕的姑娘。姑娘满怀深情地收下它，日夜精心护理，毫不懈怠。兰花姐姐深受感动，她绽放了所有的花蕾作为回报。于是，姑娘的庭院里芳香四溢，观者如潮，人们交口赞誉这是兰花家族中的精品。突然，围观人群中发出了一声惊呼："这样的品种我家也有啊！"原来，那人正是当初取走兰花妹妹的游客，当时随手采来又随手移栽在花盆里，至今已有十多天了，竟忘了及时浇水护理。当他回家端来花盆时，只见兰花妹妹已经奄奄一息，所有的花蕾来不及开放便相继凋零了。兰花姐姐十分伤心，感慨万千地叹道：哦，果真是得来容易珍惜难啊！

乌鸦姐妹

老乌鸦说自己要出远门，嘱咐乌鸦姐妹学会独立生活，不要老是依赖妈妈。

乌鸦姐妹第一次将脱离妈妈温暖的怀抱、脱离妈妈的呵护和关爱，它们不知道该如何生活，急得哭了。

画眉鸟姑娘安慰道："别哭了，今天正好是我的生日，等会儿请你们吃蛋糕！"

白头翁爷爷说："今天是老人节，我的学生将登门来拜访，爷爷请你们吃水果！"

喜鹊婶婶笑嘻嘻地说："快擦干眼泪，今天婶婶将出门去主持婚礼，回来请你们吃花生！"

乌鸦姐妹开心地笑了，它们飞到草地上玩捉迷藏。今天不仅有蛋糕和水果，而且还有花生，用不着自己觅食，只管尽情玩个痛快。直到太阳偏西时，姐妹俩才回到巢中等待画眉鸟它们送食品来。等呀等，等到天都快暗下来了，既不见画眉姑娘的蛋糕，又不见白头翁爷爷的水果，更不见喜鹊婶婶的花生。这时候，姐妹俩饿得快晕过去了，妹妹"哇"的一声哭了起来。姐姐说："哭有什么用！就是把嗓子哭哑了，谁能听得见呢？妈妈不在家，依赖别人总不行，唯一的办法是自己动手啊！"

妹妹觉得姐姐的话很有道理，强忍满肚的委屈，跟随姐姐一同去寻找食物。她们刚才捉迷藏时曾经发现草地上有虫子，姐妹俩重新飞落草地，用爪子刨开泥土，美美地饱餐了一顿。

当它俩回到家中时，画眉姑娘登门致歉："因为今天的生日聚会宾客特别多，蛋糕全被分光了。"

接着，白头翁爷爷也来表示歉意："今年学生们送来一块很大的光荣匾，没送水果和别的食物。"

最后，喜鹊婶婶也来再三道歉："花生半路上被猫头鹰抢得一颗也不剩啦……"

乌鸦姐妹说："谢谢你们的好意，我们已经学会自食其力了！"

"那太好啦，要是你们的妈妈知道了，不知该有多高兴呢！"

"我都知道了！"老乌鸦笑容满面地飞到俩姐妹身边，"其实，妈妈没有出远门，妈妈一直躲在树梢上观察。妈妈很高兴，因为你们俩学会了独立生活，你们懂得了最靠得住的正是自己，你们真正长大了。"

鹦鹉兄弟

鹦鹉兄弟元宵佳节看花灯失散了。

哥哥被盗贼捕获。盗贼想杀了它下酒，鹦鹉哥哥说："别杀我，我可以帮你干活！"

盗贼头子见它会说话，决定将它留在身边当助手，并教给它一些新的语言。比如作案时发现情况，便让它通风报信："有人来啦，快逃啊，笨蛋！"盗贼团伙设宴劝酒时就说："干杯吧，混蛋！"要是团伙中有人想退出时，就说："想溜啊？当心你的狗头，滚你妈的蛋！"如此等等。

鹦鹉哥哥为盗贼团伙立过功，帮助它们干过许多坏事。它得到了盗贼头目的特别优待。

当初，鹦鹉弟弟找不到哥哥，伤心地哭了起来。有位谦谦君子路过时收留了它，并教给它许多文明礼貌用语。比如客人上门就说："欢迎光临，请坐！"当主人敬茶时，它就说："请用茶，别客气！"客人离别时，它就说："客人慢走，欢迎再来！"

鹦鹉弟弟为君子增添了无限情趣，君子非常喜欢它。但它忘不了兄弟的情谊，常常思念失散的哥哥，偷偷哭了好多次。

君子知道后，为它四方打听。后来，听说盗贼团伙已被捉拿归案，头目家有一只会说话的鹦鹉被人买走，君子找到买主，再用高价买下来。带回家让鹦鹉弟弟辨认，果真是失散多年的哥哥。

兄弟俩重新团聚，好不欢喜。君子将它俩养在一个笼子里，一同接待宾客。

一天，君子的恩师来访。鹦鹉弟弟说："欢迎光临，请坐！"哥哥却说："有人来啦，快逃啊，笨蛋！"

君子敬茶时，弟弟说："请用茶，别客气！"哥哥则说："干杯吧，混蛋！"

君子的恩师心中很是不快，便起身告辞。弟弟忙说："客人慢走，欢迎再来！"哥哥也抢着说："想溜啊？当心你的狗头，滚你妈的蛋！"

君子发怒了，想赶走鹦鹉哥哥。鹦鹉弟弟再三哀求才保住哥哥。但兄弟俩不再像从前那样亲密无间了。因为它们的情趣、境界和观念相差悬殊，已经没有多少共同语言了！

井蛙新编

秋高气爽，明月中天。当人们在中秋佳节团聚之际，井蛙独自在欣赏倒映井底的圆月。

这时，一只小蚂蚁沿着井绳爬下来，见井蛙一副自得其乐的样子，奇怪地问道："井蛙哥，日子过得舒心吗？"

井蛙不无得意地说："舒心，舒心，井中冬暖夏凉，既清静又安逸，高歌一曲，久久回荡，真是别有洞天啊！我想，神仙过的日子也不过如此吧！"

小蚂蚁说："井蛙哥哥，你真可怜啊！怎么就满足于这么小小的一方天地呢？井外的世界五彩缤纷，发展余地大得很呢！怪不得人们都笑井底之蛙没有见识、胸无大志啊！"

"你说什么？"井蛙惊异地看着小蚂蚁，"像我这样的生存方式人们妒嫉都来不及呢，怎么还会遭到嘲讽啊，难道井外果真比井底更精彩吗？"

"千真万确，我不会骗你的。"小蚂蚁把井外的大千世界详

详细细描述了一番，终于说动了井蛙，它沿着井绳爬出井口。

"哦，外边的世界真大啊！"这是井蛙的第一印象。它看到了广袤的大地一望无际，明月泻下的银辉把万物裹上一层清亮的夜装。夜风中，柳丝轻轻地摇曳，水波柔柔地荡漾……

"原来外面的世界如此美妙啊！"井蛙后悔在井底的天地里虚度了无数时光，多亏小蚂蚁的提醒，使它有了重新发展的机会。它决心在广阔的新天地里干一番轰轰烈烈的事业。

井蛙正想迈开大步时，只见一只小老鼠惊叫着四处乱窜，一会儿，一条巨蟒弯弯扭扭地猛扑过来，它吞吐着火焰似的信子，一口将小老鼠咬住了。

井蛙失魂落魄，没命奔逃，一头钻进荆棘丛中。惊魂未定，又见一只小青蛙惊慌失措地钻了进来。一打听，原来是有只凶猛的猫头鹰正在寻找猎物，同伴们绝望的哀嚎声此起彼伏，令人毛骨悚然。

井蛙找准时机，一路惨叫，逃回井口，终于义无反顾地纵身跳回到井底。

井蛙想：外面的世界固然精彩，可惜风险太大，终究还是井底好啊，反正我已经习惯了这种生活，何必怕别人讥笑呢！

小蚂蚁不想再说什么了，它觉得那些怕担风险不图进取的人肯定会一事无成的。

治箭伤新编

射箭赛场，由于风速过大，飞箭偏离方向，误中一名女孩。女孩危在旦夕，人们迅速将她送进医院。该送哪一科呢？人们想起一则寓言："从前有人中箭，外科医师为她割断箭身，然后转内科取箭头。"

于是，大家七手八脚地先把女孩送到外科就诊。外科医师说："尚未成年的孩子，应该送小儿科！"到了小儿科，护士将她挡在门外："治箭伤该送伤科吧！怎么送小儿科来呢？"到了伤科，伤科主任大为恼火："伤科是治箭伤的地方吗？莫名其妙！再说患者还是女的，快送妇科吧！"

人们赶紧将女孩送往妇科，妇科医师一检查说："女性器官完好无损，此箭伤及膀胱，这是泌尿科的事儿！"

大家手忙脚乱地又将女孩抬到泌尿科，泌尿科医师大声呵斥道："脸色惨白、生命垂危，赶快送急诊室抢救吧！"人们一阵忙碌，又急急忙忙赶往急诊室。

这时，女孩的父亲从国外挂来长途。原来他是全国闻名的企业家，拥有亿万资产。他正在国外考察，惊闻独生女儿病危，准备包一架专机回国。他许诺：谁能治愈爱女箭伤，重奖 100 万元美金；只要尽心尽责，如有意外，决不追究责任。

消息传开，全院轰动。各科室提出种种理由争先恐后要求救

治女孩。妇科医师说："为女孩治病是妇科分内之事！"小儿科理直气壮地说："女孩尚未成年，应该是我们小儿科的责任！"伤科也不甘落后："治伤是伤科义不容辞的职责！"泌尿科也不相让："听说箭已伤及膀胱，泌尿科自然当仁不让了！"

外科内科联合抗议："箭伤从外到内、由表及里，外科内科联手救治，责无旁贷，何必惊动兄弟科室啊！"

急诊室的医护人员一齐出动，据理力争："女孩呼吸越来越微弱，脸色越来越苍白，无论如何必须先送本科室紧急抢救！"说着便推开众人，把女孩抬到手术台上……

这一则寓言故事说的是一种社会现象：责任面前互相扯皮、互相推诿；有利可图时你争我夺、各不相让。

守株新编

"守株待兔"的故事已经家喻户晓，说的是战国时宋国有一个农民，看见一只兔子撞在树桩上死了，于是他便放下农活天天守着树桩，等待有更多的兔子撞上来。故事写到这里便没了，其实这故事还有一个有趣的结局——

这老实巴交的农民天天来守株，却天天不见有兔子撞上来。过路的人都以为他神经出了毛病，可这农民就是铁了心，坚信再会有兔子撞上来。每天朝霞东升时就坐在田边等候，直到夕阳西下才悻悻离开。亲友们苦口婆心来相劝，都没能动摇他的决心。

幸好这农民的独养儿子是当地有名的孝子，每天老爸去守株，他便将饭菜和二锅头送到田头。

不料有一天奇迹真的发生了：农民喝完了二锅头，不知不觉睡了一觉，醒来时还果然有一只兔子撞死在树桩上。一家人欢天喜地庆贺了一番。从此，每天等守株的农民酒醒时，总会有兔子撞死在树桩上。

这消息迅速传开，顷刻之间，整个村庄沸腾起来，家家户户派代表来取经，请这农民现身说法，介绍经验，大家都说这是发家致富的一条捷径。人们带了尺子仔细丈量了树桩的方位，高度和直径，回到自家田头，在差不多的方位砍出一个个差不多大小差不多高低的树桩来。人们仿效"守株"创始人的办法，丢下农活去守株，也在田头吃饭、喝酒、睡觉，可是醒来时，连个兔影子都没看见，而守株的创始人却天天总能收获一只自寻死路的兔子。大家都感到奇怪，这么多兔子好像订了什么公约，满村树桩星罗棋布，想撞死的兔子怎么非要拣他那独家树桩去撞，这个问题连守株创始人也不知其所以然。

人们等他醉酒睡着时，悄悄趴在远处偷看。

一会儿，只见他孝顺的独养儿子从麻袋中取出一只活蹦乱跳的兔子，摁着它的脑袋往树桩上重重撞了几下，那兔子四脚一伸便一命呜呼了，等这农民醒来时，自然又有了收获。于是背起兔子打道回府。孝顺儿子就是用这个办法使固执的老爸能早点回家歇息。

秘密揭开后，村人快速致富的美梦也就破灭了。人们后悔盲

目跟风，后悔砍了这么多树，后悔丢下农话荒了田地。

那个守株创始人，被人们当成了笑柄。

虎大王的双重标准

小象哭丧着脸向虎大王告状："尊敬的大王陛下，老狐狸给我取了绰号。"

"什么绰号？"虎大王关切地问。

"它叫我'长鼻子'！"

"长鼻子有什么不好！"虎大王笑了，"孩子啊，你们长得这么高大，没有长鼻子那才糟糕呢。这个绰号取得好，很形象嘛！"

小象见大王没有想惩罚老狐狸的意思，只得悻悻地回家了。

小象刚走，小刺猬也来告状了。

"大王，老狐狸给我取了绰号。"小刺猬的声音很轻，简直像蚊子叫。

"大声点！"虎大王一声吼，小刺猬吓得缩成一团，像个小刺球，虎大王一见，便笑出声来。

小刺猬这下放松了一点，提高声音说："大王，老狐狸叫我'小刺球'，您可要为我作主啊！"

"这老狐狸还挺聪明的嘛，"虎大王说，"寡人也觉得你越看越像个小刺球。小刺球好啊，人家知道你是小刺球，就不敢侵犯你了。”

小刺猬灰溜溜地走了。接着小猴子哭进宫来：“大王啊，老狐狸给我取了个绰号叫‘红屁股’，您可要为我作主啊！”

“你转过身来让我瞧瞧！”虎大王瞧了瞧小猴的屁股，“扑哧”一声笑道：“绰号和名字不过是一个代号罢了，你们猴子的屁股都成这样了，还怕别人叫吗？没叫你‘烂屁股’已经够给你面子了！”

一番话羞得小猴的脸和屁股一样红，低下头离开了王宫。

一会儿又有小兔子哭哭啼啼来告状：“陛下啊，我不想活了，老狐狸给我取了许多绰号：‘长耳朵’‘短尾巴’‘三瓣嘴’‘红眼睛’……”

虎大王盯着小兔子“欣赏”了一会，笑着说：“这老狐狸取绰号越来越有水平了，这许多绰号都很贴切、形象、生动……”

“陛下，它还给您也取了绰号呢！”小兔子打断了虎大王的话。

“它给寡人取了什么绰号？”

“它……它叫您‘麻脸大王’！”

“什么？！”虎大王暴跳如雷，立即派卫士将老狐狸捉拿归案，不等老狐狸辩解，便张开血盆大口将它咬死了。

后 记

前一时期，由罗丹、吴广孝和杨啸三老策划准备出版一套"中国当代寓言名家新作"丛书，我和夫人共同报了一本戏剧寓言新作《雁南飞》。另外还有九本名家新作也在编辑中，后来，有一位名家的新作一时还赶不出来，为了早些审批书号，我和夫人就再上报这本《海神雕像》。

《海神雕像》第一辑是以《顽石》为代表的一组带有硝烟气味的寓言。有道是"男儿有泪不轻弹，只因未到伤心时"，可是在寓言人旷日持久的"协会保卫战"中，虽然到了伤心时，却又欲哭无泪了。这些寓言，作为"真理的剑"，在战斗中曾经发挥过应有的作用。如今硝烟已经散去，只留下这一组寓言，作为永恒的记忆和永久的纪念。

第"二、三、四"三辑是微寓言。去年，王建珍、王继甫伉俪在主编微寓言选集时，说找不到我和夫人的微寓言。确确实实，我们的寓言一般都比较长，便于改编成寓言剧搬上舞台。但我们并不是不喜欢微寓言，于是我们一口气试写了百多则微寓言，"双王"主编选用了一部分，其余的基本都在各种报刊发表过，现编入本书的有100多则。

第五辑《好马也吃回头草》，大多是为全国中小学生寓言童话大赛和写给幼儿的寓言童话大赛等赛事中作辅导时创作的，也有我们培训学校学员如翔仪、赛诺、智博、KK、姜颖、方雅等的参与，很有纪念意义。

第六辑《普雅花开》是科普寓言，融知识性、趣味性和哲理性于一体。这一组寓言去年在《温州文学》发表过，现在下载收录在此辑中。第七辑《爬上飞机的蜗牛》是刚刚增加的文稿，这些作品曾经发表在《瑞安日报》等报刊中，现集中编入本书。

书名取《海神雕像》，是一种纪念、更是一种警示。中国寓言文学研究会走过三十多年的风风雨雨，颇为不易，祝愿浴火重生的寓言人的协会越办越兴旺。

最后，衷心感谢顾建华教授为本丛书作序，衷心感谢张海君先生为本丛书出版作出的努力。

张鹤鸣　洪善新

2018 年 6 月 6 日